●学生彩图版

Excellent students

中国学生成长第一书

名家美文
精粹

■总策划/邢 涛 ■主编/龚 勋

人民武警出版社

一套培养21世纪
成功人才的必备书

● 中国儿童教育研究所　陈勉

　　21世纪是竞争激烈的社会，对人才的要求越来越高。丰富的知识、出色的能力、开阔的视野、敏捷的思维，无一不是打造孩子成功未来的必备素质。而学生时期可塑性强，求知欲和接受能力旺盛，在这一阶段有意识地培养，成效最为显著！这就要求父母为孩子做好充分、科学的准备，引导他们建立全面、系统、权威的知识贮备！

　　《中国学生成长第一书》就是一套专为中国学生量身打造的必备图书。该系列从孩子的认知规律、兴趣特点出发，以培养21世纪高素质成功人才为宗旨，将孩子需要掌握的所有知识、能力、视野、思维、素质等，结合发达国家最前沿的研究成果，糅入精挑细选的13册书中。此13册书涵盖了文学、国学、历史、益智等领域，能够为孩子构建最权威、最系统、最全面的知识结构，满足他们现在所有的知识需求及将来知识积累的需要。而精彩主题、高清大图、海量内容、新颖体例的新型模式，完全吻合孩子的心理和认知力特点，能吸引他们主动阅读，真正成长为21世纪博学多才的佼佼者！

前 言
FOREWORD

阅读美文，
开始领略美的旅程

阅读是满载收获的旅程。旅途中，游览大千世界，品尝百味人生，收获的不只有知识硕果，还有人生智慧。阅读是一种心灵的享受。阅读的快乐不只在于收获，还在于心灵的自由舒展。

美文是文学海洋中璀璨夺目的珍珠，美在文学上的语言美、修辞美、格律美，美在内涵的情感美、思想美、人性美。阅读美文，便是领略美的旅程。本书精选了中外三十位名家的美文佳作，其中，有的热情讴歌美丽的大自然，有的深刻剖析社会、人生与人性，滴水世界也有万千气象。清新隽永的语言、丰富生动的修辞、变换和谐的格律，精彩地演绎出真实动人的情感、蕴含哲理的人生智慧。

从学生时代开始，把阅读美文当做一种兴趣，将有益于开拓视野、丰富见识，更加充实、快乐地成长。

目录
CONTENTS

暴风雨

拉法埃莱·费拉里斯 [意大利]

闷热的夜，令人窒息，我辗转不寐。窗外，一道道闪电划破了漆黑的夜幕，沉闷的雷声如同大炮轰鸣，使人悸恐。

一道闪光，一声清脆的霹雳，接着便下起瓢泼大雨。宛如天神听到信号，撕开天幕，把天河之水倾注到人间。

狂风咆哮着，猛地把门打开，摔在墙上。烟囱发出低声的呜呜，犹如在黑夜中抽咽。

大雨猛烈地敲打着屋顶，冲击着玻璃，奏出激动人心的乐章。

一小股雨水从天窗悄悄地爬进来，缓缓地蠕动着，在天花板上留下弯弯曲曲的足迹。

不一会儿，铿锵的乐曲转为节奏单一的旋律，那优柔、甜蜜的催眠曲，抚慰着沉睡人儿的疲惫躯体。

从窗外射进来的第一束光线报道人间的黎明。碧空中飘浮着朵朵的白云，在和煦的微风中翩然起舞，把蔚蓝色的天空擦拭得更加明亮。

鸟儿唱着欢乐的歌，迎接着喷之欲出的朝阳；被暴风雨压弯了腰的花草伸着懒腰，宛如刚从梦中苏醒；偎依在花瓣、绿叶上的水珠闪烁着光华。

常年积雪的阿尔卑斯山迎着朝霞，披上玫瑰色的丽装；远处的村舍闪闪发亮，犹如姑娘送出的秋波，使人心潮激荡。

江山似锦，风景如画，艳丽的玫瑰花散发出阵阵芳香！

绮丽华美的春色呵，你是多么美好！

昨晚狂暴的大自然似乎要把整个人间毁灭，它带来的却是更加绚丽的早晨。

有时，人们受到种种局限，只看到事物的一个方面，而忽略了大自然整体那无与伦比的和谐的美。

作者简介 / ZUOZHE JIANJIE

拉法埃莱·费拉里斯　意大利作家。其作品大部分通过对自然现象的精细描绘，来展示大自然的神奇和魅力，同时引发对于自然、对于人生的深沉思考。其代表作有《暴风雨》《橡树》等。

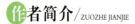

美文赏析

暴风雨的毁灭与创造，演奏出一首动人的交响曲。令人烦闷窒息的空气好似序曲，电闪雷鸣、狂风咆哮、暴雨如注奏出铿锵的乐音。旋律在达到最高潮时转缓，渐变成优柔的催眠曲。静寂中孕育着新生。当欢快的旋律响起，大自然在暴风雨的洗礼下江山似锦、风景如画、玫瑰芳香。大自然整体和谐之美至此鲜明地呈现出来。

背影

朱自清［中国］

我与父亲不相见已二年余了，我最不能忘记的是他的背影。那年冬天，祖母死了，父亲的差使也交卸了，正是祸不单行的日子。我从北京到徐州打算跟着父亲奔丧回家，到徐州见着父亲，看见满院狼藉，又想起祖母，不禁簌簌地流下眼泪。父亲说："事已如此，不必难过，好在天无绝人之路！"

回家变卖典质，父亲还了亏空，又借钱办了丧事。这些日子，家中光景很是惨淡，一半因为丧事，一半因为父亲赋闲。丧事完毕，父亲要到南京谋事，我也要回北京念书，我们便同行。

到南京时，有朋友约去游逛，勾留了一日；第二日上午便须渡江到浦口，下午上车北去。父亲因为事忙，本已说定不送我，叫旅馆里一个熟识的茶房陪我同去。他再三嘱咐茶房，甚是仔细。但他终于不放心，怕茶房不妥帖。其实我那年已二十岁，北京已来往过两三次，是没有什么要紧的了。他踌躇了一会儿，终于决定还是自己送我去。我再三劝他不必去，他只说："不要紧，他们去不好！"

我们过了江，进了车站。我买票，他忙着照看行李。行李太多了，得向脚夫行些小费才可过去。他便又忙着和他们讲价钱。我那时真是聪明过分，总觉他说话不大漂亮，非自己插嘴不可，但他终于讲定了价钱，就送我上车。他给我拣定了靠车门的一张椅子；我将他给我做的紫毛大衣铺好座位。他嘱我路上小心，夜里要警醒些，不要受凉，又嘱托茶房好好照应我。我心里暗笑他的迂，他们只认得钱，托他们只是白托！而且我这样大年纪的人，难道还不能料理自己么？唉，我现在想想，那时真是太聪明了！

　　我说道："爸爸，你走吧。"他往车外看了看说："我买几个橘子去。你就在此地，不要走动。"我看那边月台的栅栏外有几个卖东西的等着顾客。走到那边月台，须穿过铁道，跳下去又爬上去。父亲是一个胖子，走过去自然要费事些。我本来要去的，他不肯，只好让他去。

　　我看见他戴着黑布小帽，穿着黑布大马褂、深青布棉袍，蹒跚地走到铁道边，慢慢探身下去，尚不大难。可是他穿过铁道，要爬上那边月台，就不容易了。他用两手攀着上面，两脚再向上缩；他肥胖的身子向左微倾，显出努力的样子，这时我看见他的背影，我的泪很快地流下来了。我赶紧拭干了泪。怕他看见，也怕别人看见。

　　我再向外看时，他已抱了朱红的橘子往回走了。过铁道时，他先将橘子散放在地上，自己慢慢爬下，再抱起橘子走。到这边时，我赶紧去搀他。他和我走到车上，将橘子一股脑儿放在我的皮大衣上，于是扑扑衣上的泥土，心里很轻松似的，过一会儿说："我走了，到那边来信！"我望着他走出去。他走了几步，回过头看见我，说："进去吧，里边没人。"等他的背影混入来来往往的人里，再找不着了，我便进来坐下，我的眼泪又来了。

近几年来，父亲和我都是东奔西走，家中光景是一日不如一日。他少年出外谋生，独立支持，做了许多大事。哪知老境却如此颓唐！他触目伤怀，自然情不能自已。情郁于中，自然要发之于外；家庭琐屑便往往触他之怒。他待我渐渐不同往日。但最近两年不见，他终于忘却我的不好，只是惦记着我，惦记着我的儿子。我北来后，他写了一信给我，信中说道："我身体平安，唯膀子疼痛厉害，举箸提笔，诸多不便，大约大去之期不远矣。"我读到此处，在晶莹的泪光中，又看见那肥胖的、青布棉袍黑布马褂的背影。唉！我不知何时再能与他相见！

作者简介 / ZUOZHE JIANJIE

朱自清　原名自华，字佩弦，号秋实，中国现代著名散文家、诗人、学者、民主战士。其散文风格独特，缜密细腻，语言洗炼，文笔清丽，富有真情实感。其代表作有《背影》《荷塘月色》《匆匆》《春》《绿》等。

美文赏析

　　以情感人，以真动人，是这篇佳作的灵魂。一桩桩平凡小事，一旦用真情穿起来，便散发出珍珠般的光彩，产生催人泪下的艺术感染力。思念之情勾起往事的回忆，父爱在路上的悉心照料、临行的点滴叮嘱中荡漾开来，在买橘子、爬月台时升华，使那肥胖的、青布棉袍黑布马褂的背影成了儿子心中最美的风景。

变色龙

契诃夫［俄国］

警官奥楚蔑洛夫穿着新的军大衣在市集的广场上巡视，身后跟着个巡警。四下里一片寂静……广场上连人影也没有。

"你竟敢咬人，该死的东西！伙计们，抓住它！哎哟……哎哟！"狗的尖叫声随之响起。奥楚蔑洛夫往那边一看，商人彼楚京的木柴场里窜出来一条狗，用三条腿跑路，不住地回头看。一个人在后面紧追那条狗，猛地抓住了那条狗的后腿。紧跟着又传来狗叫声和人喊声："别放走它！"不久，木柴场门口就聚上一群人。

"仿佛出乱子了，长官！"巡警说。奥楚蔑洛夫迈步往人群那边走过去。在木柴场门口，上述那个人正举起右手，愤恨地伸出一根血淋淋的手指头给那群人看。奥楚蔑洛夫认出这个人是首饰匠赫留金。闹出这场乱子的祸首是一条白毛小猎狗，它正坐在人群中央的地上，惊恐得浑身发抖。

"出什么事了？"奥楚蔑洛夫挤进人群，问道："你在这儿干什么？你干吗竖起手指头？"

"我本来走我的路，长官……"赫留金凑着空拳头咳嗽，说，"忽然间，这个坏东西无缘无故把我的手指头咬了一口……我是个干细活的人……这得赔我一笔钱才成，因为我要有一个礼拜不能用这个手指头……法律上，长官，也没有说人被畜生伤了就该忍着……"

"嗯！不错……"奥楚蔑洛夫严厉地说，咳嗽着，动了动眉毛，"这是谁家的狗？这种事我不能放过不管。我要拿点颜色出来叫那些放出狗来闯祸的人看看！等到罚了款，他才会明白把狗和别的畜生放出来有什么下场！"他转而对巡警说："叶尔德林，你去调查清楚这是谁家的狗！这条狗得打死才成。不许拖延！这多半是条疯狗。请问，这到底是谁家的狗？"

"这好像是席加洛夫将军家的狗！"人群里有个人说。

"席加洛夫将军家的？……叶尔德林，把我身上的大衣脱下来……天好热！大概快要下雨了……我不明白，它怎么会咬你的？"奥楚蔑洛夫对赫留金说，"难道它够得到你的手指头？它身子矮小，可是你却这么高大！你这个手指头多半是让小钉子扎破了，却想讹人家钱……我可知道你们这些鬼东西是什么玩意！"

"他，长官，用雪茄烟戳它的脸，拿它开心。它呢，就咬了他一口……"

"你胡说，独眼龙！你什么也看不见，为什么胡说？长官是明白人，看得出来谁说谎……我要胡说，就让调解法官审判我好了……如今大家都平等了……不瞒您说……我弟弟就在当宪兵……"

"少说废话！"

"这条狗不是将军家的……"巡警深思着说，"将军家里的狗大半是大猎狗……"

"我也知道。将军家里的狗都名贵，这条狗呢，鬼才知道是什么东西！毛色不好，模样也不中看……完全是下贱胚子……他老人家会养这样的狗？！你的脑筋上哪儿去了？要是这样的狗在彼得堡或者莫斯科让人碰上，那儿才不管什么法律不法律，一转眼的工夫就叫它断了气！你，赫留金，受了苦，这件事不能放过不管……得教训他们一下！"

"不过也可能是将军家的狗……"巡警又说，"它脸上又没写着……前几天我在他家院子里就见到过这样一条狗。"

"没错儿，是将军家的！"人群里有人说。

"嗯……叶尔德林，给我穿上大衣吧……好像起风了，有些冷……你带着这条狗到将军家里去问一问……你就说这条狗是我找着，派你送去的……你说以后不要把它放到街上来。也许是名贵的狗，要是每个猪崽子都拿雪茄烟戳它的脸，要不了多久就能把它作践死……你，蠢货，把手放下来！用不着把你那根蠢手指头摆出来！这都怪你自己不好！"

"将军家的厨师来了，我们来问问他吧……喂，普洛诃尔！你过来！你看看这条狗……是你们家的吗？"

"瞎猜！我们那儿从来也没有过这样的狗！"

"那就用不着费很多工夫去问了，"奥楚蔑洛夫说，"这是条野狗！既然他说是野狗，那就是野狗……弄死它算了。"

"这条狗不是我们家的，"

普洛诃尔继续说，"可这是将军哥哥的狗，他前几天到我们

这儿来了。将军不喜欢这种狗，他的哥哥喜欢。"

"莫非乌拉吉米尔·伊凡尼奇来了？"

奥楚蔑洛夫问，脸上顿时洋溢着动情的

笑容，"他是惦记弟弟了……这是他老

人家的狗？……你把它带去吧……这

条小狗怪不错的……一口就把这家伙

的手指咬破了！哈哈！……咦，你干

吗发抖？呜呜……它生气了……"

普洛诃尔把狗叫过来，带着它离开了木柴

场……那群人就对着赫留金哈哈大笑。

"我早晚要收拾你！"奥楚蔑洛夫威胁

他说，然后把身上的大衣裹紧，继续巡视。

作者简介 / ZUOZHE JIANJIE

契诃夫　俄国小说家、戏剧家，19世纪末期俄国批判现实主义作家，与法国的莫泊桑、美国的欧·亨利齐名为世界三大短篇小说巨匠。其小说取材日常生活的片段，描画深刻、细致，或褒或贬，或乐或苦，文风质朴自然。代表作有《变色龙》《装在套子里的人》等。

美文赏析

　　精彩的对话设计是这篇小说的最大特色，人物的心理变化、故事情节的发展基本上都是通过对话来展现。被咬者的讼词、旁观人群的插话、巡警的提点以及将军家厨师的证词，使警官奥楚蔑洛夫的心理以及处事态度反复转换，其没有立场和原则、见风使舵、善于变相的变色龙形象跃然纸上。

雏菊

雨果 [法国]

　　前几天经过文宪路时，一座联接两处六层高楼的木栅栏引起了我的注意。它所围住的是两年前被焚毁的滑稽歌舞剧院的场地。午后2时，烈日炎炎，路上空无人迹。一扇灰色的门带着洛可可风格的装饰，可能是百年前爱美的年轻女子的闺门，正安装在栅栏上，只要稍稍提起插栓就开了，我走了进去。满目都是凄凉的景象，满地泥灰，石块像墓石一样被遗弃在那里，场里一个人都没有。邻近的房屋墙上留有明显的火烧与烟熏的痕迹。可是，在这块火灾以后已遭受两个春天的连续毁坏的土地一隅，在一块正在变绿的巨石后面阴暗处，却长出了一些小草。

　　天啊！那是一棵世界上最美丽的小雏菊，一个可爱的小飞虫正绕着雏菊飞舞。这朵花安静地生长着，在泥土中，在巴黎中心，在两条街道之间，离王宫两步，离骑兵竞技场四步，在行人、店铺、出租马车、公共马车和国王的四轮华丽马车之间。十年前，谁能预见日后有一天在那里会长出一朵雏菊！这朵花凝结了多少失败和成功的演出，多少破产的人家，多少意外的事故，多少奇遇，多少突然降临的灾难！对于每晚被吸引到这里来生活的我们这班人，如果两年前眼中出现这朵花，这帮人骇然会把它当做幽灵！命运多么作弄人，多少神秘的安排，归根结底，终于化为这

洁光悦目的小小黄太阳！必须先要有一座剧院和一场火灾，即一个城市的欢乐和一个城市的恐怖，一个是人类最优美的发明，一个是最可怕的天灾，三十年的狂笑和三十小时的滚滚火焰，才生长出这朵雏菊，赢得这飞虫的喜悦！

　　对善于观察的人，最渺小的事物往往就是最重大的事物。

作者简介 / ZUOZHE JIANJIE

雨果　19世纪法国浪漫主义作家的代表，被称为"法兰西的莎士比亚"。其作品几乎涉及文学所有领域，充满人道主义关怀，善与恶对比鲜明，反对暴力，强调以爱制"恶"。小说代表作有《巴黎圣母院》《悲惨世界》等。

●美文赏析●

　　一朵小小的雏菊绽放于惨败的废墟之中，带来的震撼不止于景观的别致，更在于心灵的启示。丰富的联想和想象，精彩的排比和对比，淋漓尽致地表达出作者的所思所想，自然地归结于一点：对善于观察的人，最渺小的事物往往就是最重大的事物。

从阿尔卑斯山归来

都德［法国］

在普鲁文斯省，当天气温暖起来时，家畜常被送到阿尔卑斯山里。畜生和人要在那里过五六个月，夜间便睡在露天高齐腰际的草里。当秋天转凉的时候，他们又下山回到农庄，在被迷迭香的花熏香了的小山上过着单调的牧羊生活……

昨天晚上，羊群回来了。从早上起，大门便敞开地等待着；羊圈里铺了新鲜的干草。人们不时地猜测着羊群何时归来。近黄昏的时候，突然间，一声大叫："他们到那儿啦！"在远处，羊群在尘土飞扬的光辉里前进着。

整个的路好像在跟羊群一起蠕动。老公羊走在最前边，角往前伸着，野性十足；在它们后边，是羊群的主要部分，有点疲倦了的母亲们，偎依在腿间的乳

羊，篮子里驮着新生的小羊羔；再后边，是全身浸在汗里、舌头伸到地上的狗；走在最后边的，是两个高大的裹在褐色毛布外套里的牧羊人。所有这一切，快乐地排成行列，带着一阵急雨般的践踏声拥进了大门。

那时院子里是怎样的骚乱啊！孔雀戴着绢绒般的冠，用一种惊人的号角般的鸣叫迎接着它们。鸽子，鸭子，火鸡，竹鸡，整个的家禽场疯狂起来。

好像是每一只羊在它那沾染着阿尔卑斯草芬芳的毛里，带回一种使人沉醉、使人舞蹈的鲜活气息。在这样的骚扰中间，羊群找到了各自的住所。老公羊看到了它们的食槽，那些在旅途中出生的羊羔惊奇地看着周围。但是最动人的是那些忠于职守的牧羊狗。它们跟在羊群后边忙碌着。在羊群进来以前，在关小栅栏门之前，在牧羊人进屋以前，这些狗对周围的一切是视而不见、充耳不闻的。直到一切安定下来，它们才回到群狗的窝里。在那儿，它们一边舐着菜汤桶，一边同农庄上的同伴们谈论着山里的事：在那里，有狼，有沾着露珠的大朵紫色毛地黄……

作者简介 / ZUOZHE JIANJIE

都德　19世纪法国现实主义作家、小说家，有"法国的狄更斯"之称。其短篇作品题材丰富多彩，文字简洁生动，风格平易自然，带有诗意的美感。代表作有《最后一课》《柏林之围》《小东西》等。

美文赏析

这是一篇游记散文，全文综合使用拟人、比喻和排比等手法对各种动物的形神进行了细致的描画。各种动物那些或疲惫或急切或疯狂或欣慰或惊奇或劳碌的画面之所以如此传神，正是因为作者将真情实感灌注其中，使全文洋溢着朴素动人的生活气息。动物与动物、动物与家园，以及动物与人的和谐之美——呈现。

匆匆

朱自清 ［中国］

燕子去了，有再来的时候；杨柳枯了，有再青的时候；桃花谢了，有再开的时候。但是，聪明的，你告诉我，我们的日子为什么一去不复返呢？

是有人偷了他们罢：那是谁？又藏在何处呢？是他们自己逃走了罢：现在又到了哪里呢？

我不知道他们给了我多少日子，但我的手确乎是渐渐空虚了。在默默里算着，八千多日子已经从我手中溜去；像针尖上一滴水滴在大海里，我的日子滴在时间的流里，没有声音，也没有影子。我不禁头涔涔而泪潸潸了。

去的尽管去了，来的尽管来着；去来的中间，又怎样地匆匆呢？早上我起来的时候，小屋里射进两三方斜斜的太阳。太阳他有脚啊，轻轻悄悄地挪移了；我也茫茫然跟着旋转。于是——洗手的时候，日子从水盆里过去；吃饭的时候，日子从饭碗里过去；默默时，便从凝然的双眼前过去。我觉察他去得匆匆了，伸出手遮挽时，他又从遮挽着的手边过去。天黑时，我躺在床上，他便伶伶俐俐地从我身上跨过，从我脚边飞去了。等我睁开眼和太阳再见，这算又溜走了一日。我掩着面叹息。但是新来的日子的影儿又开始在叹息里闪过了。

在逃去如飞的日子里，在千门万户的世界里的我能做些什么呢？只有徘徊罢了，只有匆匆罢了；在八千多日的匆匆里，除徘徊外，又剩些什么呢？过去的日子如轻烟，被微风吹散了，如薄雾，被初阳蒸融了，我留着些什么痕迹呢？我何曾留着像游丝样的痕迹呢？我赤裸裸来到这世界，转眼间也将赤裸裸地回去罢？但不能平的，为什么偏要白白走这一遭啊？

你聪明的，告诉我，我们的日子为什么一去不复返呢？

美文赏析

　　这是一首散文诗，作者的哀愁之情融贯始终，一系列排比语句将这种情感起伏层层推进。全文开头即景抒情，随着时间从无形到有形，作者的情绪从彷徨、剖白到无奈、慨叹，奏响了心灵之音，在爆发到极致时又回归最初的诘问，"你聪明的，告诉我，我们的日子为什么一去不复返呢？"看似心中的疑问没有得到解答，其实答案已经隐含其中，引人深思。

从罗丹那里得到的启示

斯蒂芬·茨威格［奥地利］

　　我那时大约25岁，在巴黎研究与写作。许多人都已称赞我发表过的文章，有些我自己也喜欢。但是，我心里深深感到我还能写得更好，但不能断定那症结的所在。于是，一个伟大的人给了我一个伟大的启示。那件仿佛微乎其微的事，竟成为我一生的关键。

　　有一次，在比利时作家魏尔哈仑家里，一位年长的画家大谈雕塑美术的衰落。我年轻而好饶舌，一再反驳他的意见。"就在这城里，"我说，"不是住着一个可与米开朗琪罗媲美的雕塑家吗？罗丹的《沉思者》《巴尔扎克》，不是同他用以雕塑他们的大理石一样永垂不朽吗？"当我倾吐完了的时候，魏尔哈仑高兴地拍拍我的背，说："我明天要去看罗丹，你也一块儿去吧。凡像你这样赞美他的人都该去会会他。"我充满了喜悦，但是第二天魏尔哈仑把我带到罗丹那里的时候，我却一句话也说不出。因为在他们畅谈之际，我觉得自己似乎是一个多余的不速之客。

　　不过，最伟大的人总是最亲切的。我们告别时，罗丹转过身来，注视着我说："我想你也许愿意看看我的雕刻。礼拜天，你能到麦东来同我一块儿吃饭吧？"

在罗丹朴素的别墅里，我们在一张小桌前坐下吃便饭。不久，他那温和的、含有激励之意的凝视，化解了我的不安。

他的工作室有着大窗户的简朴的屋子，有完成的雕像，许许多多小塑样——一只胳膊，一只手，有的只是一个手指或者指节；他已动工而搁下的雕像，堆着草图的桌子：一生不断的追求与劳作的地方。罗丹罩上了粗布工作衫，好像变成了一个工人。他在一个台架前停下来。

"这是我的近作。"说罢，他把湿布揭开，现出一座以黏土塑成的女正身像，十分美好。

"这已完工了。"我想。

他退后一步，仔细看着，审视片刻之后，便低声说："就在这肩上线条还是太粗。对不起……"他拿起刮刀、木刀片轻轻滑过软和的黏土，使肌肉显出一种更柔美的光泽。他健壮的手动起来了……他的眼睛闪耀着。"还有那里……还有那里……"他又修改了一下，他走回去。他把台架转过来，看了又看。时而，他的眼睛高兴得发亮；时而，他的双眉苦恼地蹙着。他捏好小块的黏土，粘在塑像身上，刮开一些。这样过了半点钟，一点钟……他没有再向我说过一句话。他忘掉了一切，除了他要创造的更崇高的形体的意象。最后，他舒叹着扔下刮刀，像一个男子把披肩披到他情人肩上那样温存关怀地把湿布蒙在女正身像上。接着，他便转身向门口走去。

就在那时他才记起什么，立即回过头来，瞠视着我。他显然为他的失礼而惊惶："对不起，先生，我完全把你忘记了，可是你知道……"我握着他的手，感动地紧握着。也许他已领悟我所感受到的，因为在我们走出屋子时他微笑了，用手抚着我的肩头。

那天下午，我学到的比在学校所有时间学到的东西都多。从此，我知道凡人类的工作必须怎样做。再没有什么像亲见一个人全然忘记时间、地点与世界那样使我感动。那时，我省悟到一切艺术与伟业的奥秘——专心，完成或大或小的事业的全力集中，把易于弛散的意志贯注在一件事情上的本领。于是，我察觉到自己至今在工作上所缺少的是什么——那能使人除了追求完整的意念之外把一切都忘掉的热忱。

作者简介 / ZUOZHE JIANJIE

斯蒂芬·茨威格 奥地利作家，擅长写小说、人物传记，也写诗歌、戏剧、散文和翻译作品，曾获诺贝尔文学奖。其作品注重塑造人物的性格、刻画人物的心理，使朴实的文笔富有动人的艺术魅力。代表作有《月光小巷》《一个陌生女人的来信》等。

美文赏析

"一切艺术与伟业的奥秘——专心，完成或大或小的事业的全力集中，把易于弛散的意志贯注在一件事情上的本领"，这是从罗丹那里得到的启示，即全文的主题。全文并没有大力渲染罗丹如何伟大、不凡，而是通过描绘罗丹专注于雕塑工作的"小事"，用朴素的语言道出了这个深刻的主题，亲切自然，发人深省。

冬日漫步（选）

梭罗［美国］

微风缓缓地吹着百叶窗，像羽毛一样轻柔；偶尔也犹如几声叹息，好似夏日漫漫长夜里风轻抚着树叶。田鼠正在草地下的地洞里呼呼大睡，猫头鹰在沼泽地深处的空心树里蹲伏，兔子、松鼠、狐狸都待在窝里。看门的狗静静地躺在暖炉旁，牛羊在栏圈里悄无声息。连大地都在沉睡——但这不是寿终正寝，而是忙碌一年后第一次美美地睡上一觉。

夜已经深了，大自然仍在忙碌着，只有街上一些招牌或小木屋的门轴不时地嘎吱作响，给沉寂的大自然来一点慰藉。也只有这些声音，预示着在茫茫宇宙中，在金星与火星之间，天地万物中还有一些是清醒的。大地此刻在酣睡，鹅毛大雪漫天飞舞，好像一个北方的五谷女神正在播撒她的银色种子。

我们也进入梦乡，醒来时恰是冬季的早晨。世界静悄悄的，雪已积下了厚厚的一层。窗棂上像铺了柔软的棉花或羽绒，窗格子显得宽了些，玻璃上爬满了冰纹，看起来黯淡而神秘，使家里变得更加温馨舒适。早晨的寂静真

令人难忘。

我们踏着吱吱作响的地板来到窗前，站在一块没有结冰的地方眺望田野风景。屋顶被皑皑白雪覆盖着，雪冻成的冰条挂在屋檐下和栅栏上；院子里的雪柱像竹笋一样立着，雪柱里有没有藏着什么东西，就无从知晓了。树木和灌木向四面八方伸展着它们白色的枝干，篱笆在昏暗的大地上向左右延伸。仿佛一夜的工夫大自然就重新设计了一幅田野美境，供人类的艺术家来临摹。

我们静静地拔去门闩，让飞雪飘进屋里。走出门外，寒风如刀割般迎面扑来。星星有点黯淡无光，地平线上笼罩着一层深色沉重的薄雾。东方露出一点耀眼的古铜色的光彩，预示着天就要亮了。可西边还是一片昏暗，无声无响，似乎被地狱之光笼罩着，鬼影扑现，好像并非人间。在这种天色下，耳边的声音也显得阴森可怖——鸡鸣犬吠，木柴断裂，牛群低哞——这一切好像来自阴阳河彼岸冥王星的农场。院子里，雪地上，狐狸所留下的印迹清晰可见，这些提醒我们：即使是在冬夜最寂静的时候，自然界的生物也在时时刻刻活动着。

打开大门，我们迈着轻快的脚步踏上偏僻的乡村小路，踩在雪上发出吱吱的响声。早起的农夫驾着雪橇去远处的市场上赶集。这辆雪橇整个夏天都闲置在农夫的门口，如今稻梗做伴，可算是有了用武之地。它那尖锐、清晰、刺耳的声音，可真能让早起赶路的人头脑清醒。透过堆满积雪的农舍，我们看见农夫早早地把蜡烛点亮了，散发着稀落的光，宛如某种朴素的美德在作晨祷。接着，炊烟从树丛和雪堆里袅袅升起。

大地冰封，不时有鸡鸣狗叫的声音传出，劈砍柴火的声音时断时续。稀薄而干寒的空气只能把那些尖锐的声音传入我们耳中，听起来短促悦耳。凡是清醇轻盈的液体，稍有波动也很快停止，因为里面的晶体硬块很快便沉到底了。声音从地平线的远处传来，像钟声一样清晰响亮。冬天的空气清新，不像夏天那样混合着许多杂质，因而声音听起来不像夏天那样刺耳模糊。在冰封的土地上，声音犹如敲击坚硬的木块那样洪亮，甚至乡村里最平凡的声响听起来都是那么美妙动听。树上的冰挂互相撞击，听起来像铃声一样悦耳。

空气里几乎没有水分，水蒸气不是干化，就是凝固成霜了。空气十分稀薄，似乎还带有弹性，沁人心脾。天空似乎被绷紧了，往后移动，抬头仰望，仿佛置身于大教堂中，头上是一块块连在一起的弧形屋顶，空气被过滤得纯粹明净，好像有冰晶沉浮其中。格陵兰的居民曾告诉我们，那里结冰的时候，"海就冒烟，像大火爆发的威力，而且伴有雾气升腾，成为烟雾。这烟雾能让人的手和脸起疱肿胀，并对人体有害。"我们这里的空气虽然冰寒刺骨，但是质地清纯，可以滋养心肺，提神醒脑。我们不会把它当做冻霜，而会把它看做仲夏雾气的结晶，经过严寒的凝结，变得更加清纯了。

太阳终于从远处的林间升起，阳光所照之处，空中的冰霜在融化。隐隐之中似乎有铙钹伴奏，铙钹每响一次，阳光的威力增强一些。时间很快从黎明变成早晨，早晨也愈来愈老，很快地把西面远处的山头镀上一层金色。我们匆匆地踏着积雪前进，因为内心在极力地驱使着我们，天气也好像变得像十月小阳春般温暖。

假如我们能改造我们的生活，和大自然更和谐一些，我们也许就无惧寒暑之侵，我们将同草木走兽一样，认大自然是我们的保姆和良友，她会永远关照我们。

作者简介 /ZUOZHE JIANJIE

梭罗 美国作家、自然主义者、哲学家，强调亲近自然、学习自然、热爱自然，追求"简单些，再简单些"的质朴生活，其文风质朴自然，富有思想内容。代表作有《瓦尔登湖》和《康考德和梅里马克河上的一周》。

美文赏析

冬日漫步奏响了万物之间、人与自然之间的和谐之音。全文以时间为线索，以作者视角为出发点，描绘了从冬夜到冬晨的一系列景象。拟人、比喻、对比等修辞手法的使用，使全文的节奏富于变化，勾画出静中有动、动中有静的冬日画面。朴实的生活写照和艺术化的加工创造使全文更具亲和力和感染力。

断崖

德富芦花［日本］

从某小祠到某渔村有一条小道，路上有一处断崖。其间二百多丈长的羊肠小径，从绝壁边通过，上是悬崖，下是大海。行人稍有一步之差，便会从数十丈高的绝壁上翻落到海里，默默死去，无人知晓。

断崖，断崖，人生处处多断崖！

一

某年某月某日，有两个人站在这绝壁边的小道上。后边的是他。他是我的朋友，也是我不共戴天的仇敌。他和我同乡，生于同年同月，共同荡一只秋千，共同读一所小学，共同争夺一位少女。起初是朋友，更是兄弟，不，比兄弟还亲。而今却变成仇敌——不共戴天的仇敌。他成功了，我失败了。

同样的马，从同一个起跑线出发，有的偏离跑道，越出了范围，有的摔倒在地。真正平安无事跑到前头，获得优胜的是极少数。人生也是这样。

在人生的赛马场上他成功了，我失败了。他踏着坦荡的路，获取了现今的地位。他家资富足，他的父母疼爱他。他学经初中、高中、大学，又考取了研究生，取得了博士学位。他有了地位，得到官职，聚敛了这么多的财富。当他沿着成功的阶梯攀登的时候，我却顺着失败的阶梯下滑。家中的财富在日渐减少，父母也相继去世。未到13岁，就得独立生活。我立志要努力奋斗。可是临近毕业的时候，肺病突然袭上身来。一位好心的外国人可怜我，把我带到他那个气候和暖、空气清新的祖国去了。我在这位恩人的监督下，准备功课打算报考大学，谁知恩人突然得急症死了。于是，我孑然一身，漂泊异乡，辛苦挣钱想寻个求学的地方。这时，病又犯了，我只得返回故国，在走投无路的时候又找到了一条活路。我做了一名翻译，跟着一个外国人，来到海边浴场，而且同20年前的他相遇了。他成了一名地位显赫的要人，而我还是一名半死不活的翻译。20年的岁月把他推上成功的宝座，把我推进失败的深渊。我能心悦诚服吗？

失败者低垂的头颅尽遭蹂躏。胜利者的一举一动都被称为美德。他以未曾忘记故旧而自诩，对我以你相称，谈起往事乐呵呵的，一提到新鲜事，就说一声"对不起"，但是他却显得扬扬自得，满脸挂着轻蔑的神色。我能心悦诚服吗？

我被邀请去参观他的避暑住居。他儿女满堂，夫人出来行礼，长得如花似玉。谁能想到这就是当年我同他争夺的那位少女。我能心悦诚服吗？

不幸虽是命中注定，但背负着不幸的包袱却是容易的吗？不实现志愿绝不止息。未成家，未成名，孤影飘零，将半死不活的身子寄于人世，即使是命中注定，也不甘休。然而现在我的前边站着他。我记得过去的他，并且我看到他正在嘲笑如今的我。我使自己背上了包袱，他在嘲笑这样的包袱。怒骂可以忍受，冷笑无法忍受。天在对我冷笑，他在对我冷笑。不是说天是有情的吗？我心中怎能不愤怒呢？

二

某月某日，他和我站在绝壁的道路上。他在前，我在后，相距只有两步。他在饶舌，我在沉默。他甩着肥胖的肩膀走着，我拖着枯瘦的身体一步一步喘息、咳嗽。我的眼睛不由自主向绝壁下面张望。断崖十尺，碧潭百尺。只要动一下指头，壁上的"人"就会化做潭底的"鬼"。我终于冷笑了，瞧着他那宽阔的背，一直凝视着，一直冷笑着。

突然一阵响动。一声惊叫进入我的耳孔，他的身子已经滑下崖头。他拼命抓住一把茅草，手虽然抓住了茅草，身子却悬在空中。

"你！"就在这一秒内，他那苍白的脸上，骤然掠过恐怖、失望和哀怨之情。

就在这一秒内，我站在绝壁之上，心中顿时涌起复仇的快感和怜悯。各种复杂的情绪在心中搏击着。我俯视着他，伫立不动。

"你！"他哀叫着拽住那把茅草。茅草发出沙沙响声，眼看要被拔掉了。

刹那之间，我趴在绝壁的小道上，顾不得病弱的身子，鼓足力气把他拖了上来。我面红耳赤，他脸色苍白。一分钟后，我俩相向站在绝壁之上。他怅然若失地站了片刻，伸出血淋淋的手同我相握。我缩回手来，抚摩一下剧烈跳动的胸口，站起身来，又瞧了瞧颤抖的手。得救的，是他，不是我吗？我再一次凝视着自己的手。

翌日，我独自站在绝壁的道路上，感谢上天救了我。断崖十尺，碧潭百尺。

啊，昨天我曾站在这座断崖之上吗？这难道不就是我一生的断崖吗？

作者简介 / ZUOZHE JIANJIE

德富芦花 本名健次郎，日本近代小说家、散文家，其小说主要以剖析和鞭笞现实社会的黑暗为主题，散文构思新奇、笔触细腻。代表作有小说《不如归》《黑潮》和随笔集《自然与人生》等。

美文赏析 ●

"我"和"他"同一点起跑却不同历程的命运线是全文的线索。形象对比、夹叙夹议的写作手法凸显了两人命运的差距，也使"我"的不平情绪在自我评断中"合情合理"地爆发到极致。然而，愤怒与毁灭于事无补，只能毁人伤己。幸而"我"在转瞬间彻悟，没有从人生的断崖上跌落。自救才是走出绝境的明灯。

翡冷翠山居闲话

徐志摩 [中国]

　　在这里出门散步去，上山或是下山，在一个晴好的五月的向晚，正像是去赴一个美的宴会，比如去一个果子园，那边每株树上都满挂着诗情最秀逸的果实，假如你单是站着看还不满意时，只要一伸手就可以采取，恣尝鲜味，足够你性灵的迷醉。阳光正好暖和，决不过暖；风息是温驯的，而且往往因为它是从繁花的山林里吹度过来。风带来一股幽远的澹香，连着一息滋润的水气，摩挲着你的颜面，轻绕着你的肩腰，就这单纯的呼吸已是无穷的愉快；空气总是明净的，近谷内不生烟，远山上不起霭，那美秀风景的全部正像画片似的展露在你的眼前，供你闲暇时鉴赏。

做客山中的妙处，尤在你永不须踌躇你的服色与体态；你不妨摇曳着一头的蓬草，不妨纵容你满腮的苔藓；你爱穿什么就穿什么，扮一个牧童，扮一个渔翁，装一个农夫，装一个走江湖的吉卜赛，装一个猎户；你再不必提心去整理你的领结，你尽可以不用领结，给你的颈根与胸膛一半日的自由，你可以拿一条这边艳色的长巾包在你的头上，学一个太平军的头目，或是拜伦那埃及装的姿态；但最要紧的是穿上你最旧的旧鞋，别管它模样不佳，它们是顶可爱的好友，它们承着你的体重，却不叫你记起你还有一双脚在你的底下。

这样的玩顶好是不要约伴，我竟想严格地取缔，只许你独身，因为有了伴多少总得叫你分心，尤其是年轻的女伴，那是最危险最专制不过的旅伴，你应得躲避她像你躲避青草里一条美丽的花蛇！平常我们从自己家里走到朋友家里，或是我们执事的地方，那无非是在同一个大牢里从一间狱室移到另一狱室去，拘束永远跟着我们，自由永远寻不到我们。但在这春夏间美秀的山中或乡间，你要是有机会独身闲逛，那才是你福星高照的时候，那才是你实际领受，亲口尝味，自由与自在的时候，那才是你肉体与灵魂行动一致的时候。朋友们，我们多长一岁

年纪，往往只是加重我们头上的枷，加紧我们脚胫上的链，我们见小孩子在草里在沙堆里在浅水里打滚作乐，或是看见小猫追他自己的尾巴，何尝没有羡慕的时候。但我们的枷，我们的链，永远是制定我们行动的上司！所以只有你单身奔赴大自然的怀抱时，像一个裸体的小孩扑入他母亲的怀抱时，你才知道灵魂的愉快是怎样的，单是活着的快乐是怎样的，单就呼吸单就走道单就张眼看耸耳听的幸福是怎样的。因此你得严格地为己，极端地自私，只许你，体魄与性灵，与自然同在一个脉搏里动跳，同在一个音波里起伏，同在一个神奇的宇宙里自得。我们浑朴的天真是像含羞草似的娇柔，一经同伴的抵触，他就卷了起来，但在澄静的日光下，和风中，他的姿态是自然的，他的生活是无阻碍的。

一个人漫游的时候，你就会在青草里坐坐，仰卧，甚至有时打滚，因为草的和暖的颜色，自然地唤起你童稚的活泼；在静僻的道上，你就会不自主地狂舞，看着自己的身影幻出种种诡异的变相，因为道旁树木的阴影在他们纤徐的婆娑里暗示你舞蹈的快乐；你也会得信口地歌唱，偶尔记起断片的童调，与你自己随口的小曲，因为树林中的莺燕告诉你春光是应得赞美的；更不必说你的胸襟自然会跟着漫长的山径开拓，你的心地会看着澄蓝的天空静定，你的思想和着山壑间的水声，山罅里的泉响，有时一澄到底地清澈，有时激起成章的波动，流，流，流入凉爽的橄榄林中，流入妩媚的阿诺河去……

并且，你不但不须游伴，每逢这样的游行，你也不必带书。书是理想的伴侣，但你应得带书，是在火车上，在你住处的客室里，不是在你独身漫步的时候，什么伟大的深沉的鼓舞的清明的优美的思想的根源不是可以在风籁中，云彩里，山势与地形的起伏里，花草的颜色与香气里寻得？

自然是最伟大的一部书，歌德说，在他每一页的字句里，我们读得最深奥的消息。并且这书上的文字是人人懂得的，阿尔卑斯与五老峰，西西里与普陀山，莱因河与扬子江，梨梦湖与西子湖，建兰与琼花，杭州西湖的芦雪与威尼斯夕照的红潮，百灵与夜莺，更不提一般黄的黄麦，一般紫的紫藤和一般青的青草，同在大地上生长，同在和风中波动——它们应用的符号是永远一致的，它们的意义是永远明显的，只要你自己性灵上不长疮瘢，眼不盲，耳不塞，这无形迹的最高等教育便永远是你的名分，这不取费的最珍贵的补剂便永远供你受用；只要你认识了这一部书，你在这世界上寂寞时便不寂寞，穷困时不穷困，苦恼时有安慰，挫折时有鼓励，软弱时有督责，迷失时有南针。

作者简介 / ZUOZHE JIANJIE

徐志摩　中国现代诗人、散文家。其"谈话是诗，举动是诗，毕生行径都是诗"，诗文作品富有浪漫主义色彩，字句清丽，想象丰富，意境优美，韵律和谐。代表诗作有《再别康桥》《翡冷翠的一夜》《沙扬娜拉》等，散文《我所知道的康桥》《翡冷翠山居闲话》等。

美文赏析

"翡冷翠"是意大利古城佛罗伦萨的旧译，被徐志摩赋予了更多的诗意和色彩。徐志摩以闲话的口吻，娓娓道出客居翡冷翠"春夏间美秀的山中或乡间"的诸多妙处。言为心声，清新、飘逸、形象立体的语言如行云流水般自然，富有韵律感，描绘出一个不加雕饰、不受拘束的自然界，也抒发出徐志摩远离尘世束缚、追求自由生活的情怀。

风筝

鲁迅［中国］

北京的冬季，地上还有积雪，灰黑色的秃树枝丫叉于晴朗的天空中，而远处有一二风筝浮动，在我是一种惊异和悲哀。

故乡的风筝时节，是春二月，倘听到沙沙的风轮声，仰头便能看见一个淡墨色的蟹风筝或嫩蓝色的蜈蚣风筝。还有寂寞的瓦片风筝，没有风轮，又放得很低，伶仃地显出憔悴可怜的模样。但此时地上的杨柳已经发芽，早的山桃也多吐蕾，和孩子们的天上的点缀相照应，打成一片春日的温和。我现在在哪里呢？四面都还是严冬的肃杀，而久经诀别的故乡的久经逝去的春天，却就在这天空中荡漾了。

但我是向来不爱放风筝的，不但不爱，并且嫌恶它，因为我以为这是没出息孩子所做的玩艺。和我相反的是我的小兄弟，他那时大概十岁内外罢，多病，瘦得不堪，然而最喜欢风筝，自己买不起，我又不许放，他只得张着小嘴，呆看着空中出

神，有时竟至于小半日。远处的蟹风筝突然落下来了，他惊呼；两个瓦片风筝的缠绕解开了，他高兴得跳跃。他的这些，在我看来都是笑柄，可鄙的。

有一天，我忽然想起，似乎多日不很看见他了，但记得曾见他在后园拾枯竹。我恍然大悟似的，便跑向少有人去的一间堆积杂物的小屋去，推开门，果然就在尘封的什物堆中发现了他。他向着大方凳，坐在小凳上，便很惊惶地站了起来，失了色瑟缩着。大方凳旁靠着一个蝴蝶风筝的竹骨，还没有糊上纸，凳上是一对做眼睛用的小风轮，正用红纸条装饰着，将要完工了。我在破获秘密的满足中，又很愤怒他的瞒了我的眼睛，这样苦心孤诣地来偷做没出息孩子的玩意。我即刻伸手折断了蝴蝶的一支翅骨，又将风轮掷在地下，踏扁了。论长幼，论力气，他是都敌不过我的，我当然得到完全的胜利，于是傲然走出，留他绝望地站在小屋里。后来他怎样，我不知道，也没有留心。

然而我的惩罚终于轮到了，在我们离别得很久之后，我已经是中年。我不幸偶尔看到了一本外国的讲论儿童的书，才知道游戏是儿童最正当的行为，玩具是儿童的天使。于是，二十年来毫不忆及的幼小时候对于精神虐杀的这一幕，忽地在眼前展开，而我的心也仿佛同时变了铅块，很重很重地坠下去了。

但心又不竟坠下去而至于断绝，它只是很重很重地坠着，坠着。我也知道补过的方法的：送他风筝，赞成他放，劝他放，我和他一同放。我们嚷着，跑着，笑着——然而他其时已经和我一样，早已有了胡子了。

我也知道还有一个补过的方法的：去讨他的宽恕，等他说，"我可是毫不怪你呵。"那么，我的心一定就轻松了，这确是一个可行的方法。有一回，我们会面的时候，是脸上都已添刻了许多"生"的辛苦的条纹，而我的心很沉重。我们渐渐谈起儿时的旧事来，我便叙述到这一节，自说少年时代的糊涂。"我可是毫不怪你呵。"我想，他要说了，我即刻便受了宽恕，我的心从此也宽松了罢。

"有过这样的事么？"他惊异地笑着说，就像旁听着别人的故事一样。他什么也记不得了。

全然忘却，毫无怨恨，又有什么宽恕可言呢？无怨的恕，说谎罢了。

我还能希求什么呢？我的心只得沉重着。

现在，故乡的春天又在这异地的空中了，既给我久经逝去的儿时的回忆，而一并也带着无可把握的悲哀。我倒不如躲到肃杀的严冬中去罢，——但是，四面又明明是严冬，正给我非常的寒威和冷气。

作者简介 / ZUOZHE JIANJIE

鲁迅 原名周树人，中国现代文学家、思想家、革命家。其小说"多采自病态社会的不幸的人们中，意思是在揭出病苦，引起疗救的注意"，人物形象的塑造和心理描写细致入微，笔锋犀利，意境幽深。代表作有小说集《呐喊》《彷徨》、散文集《朝花夕拾》等。

美文赏析 •

风筝是贯穿全文的线索。年少时撕毁风筝对弟弟精神虐杀的那一幕，使风筝成为作者心中一种"惊异和悲哀"的象征，惊异于弟弟的"有过这样的事么"，悲哀于过往罪责的无法补救与旧时家庭教育方式所造成的教育悲剧的"无法把握"。全文综合运用象征、倒叙、隐喻、形象刻画、心理剖析等手法，使平凡小事的描述富有艺术感染力。

故都的秋

郁达夫 [中国]

秋天，无论在什么地方的秋天，总是好的。可是啊，北国的秋，却特别地来得清，来得静，来得悲凉。我的不远千里，要从杭州赶上青岛，更要从青岛赶上北平来的理由，也不过想饱尝一尝这"秋"，这故都的秋味。

江南，秋当然也是有的，但草木凋得慢，空气来得润，天的颜色显得淡，并且又时常多雨而少风。一个人夹在苏州上海杭州，或厦门香港广州的市民中间，混混沌沌地过去，只能感到一点点清凉，秋的味、秋的色、秋的意境与姿态，总看不饱，尝不透，赏玩不到十足。秋并不是名花，也并不是美酒，那一种半开、半醉的状态，在领略秋的过程上，是不合适的。

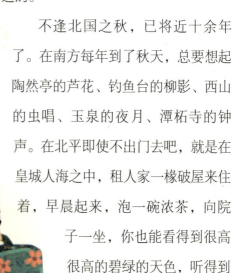

不逢北国之秋，已将近十余年了。在南方每年到了秋天，总要想起陶然亭的芦花、钓鱼台的柳影、西山的虫唱、玉泉的夜月、潭柘寺的钟声。在北平即使不出门去吧，就是在皇城人海之中，租人家一椽破屋来住着，早晨起来，泡一碗浓茶，向院子一坐，你也能看得到很高很高的碧绿的天色，听得到青天下驯鸽的飞声。从槐树叶底，朝东细数着一丝一丝

漏下来的日光，或在破壁腰中，静对
着像喇叭似的牵牛花的蓝朵，自然
而然地也能够感觉到十分的秋意。
说到了牵牛花，我以为以蓝色或白
色者为佳，紫黑色次之，淡红色最
下。最好，还要在牵牛花底，教长着
几根疏疏落落的尖细且长的秋草，使
作陪衬。

　　北国的槐树，也是一种能使人联想
起秋来的点缀。像花而又不是花的那一
种落蕊，早晨起来，会铺得满地。脚踏
上去，声音也没有，气味也没有，只能感
出一点点极微细极柔软的触觉。扫街的在树影下一阵扫后，灰土上留下来的一条
条扫帚的丝纹，看起来既觉得细腻，又觉得清闲，潜意识下并且还觉得有点儿落
寞，古人所说的梧桐一叶而天下知秋的遥想，大约也就在这些深沉的地方。

　　秋蝉的衰弱的残声，更是北国的特产，因为北平处处全长着树，屋子又低，
所以无论在什么地方，都听得见它们的啼唱。在南方是非要上郊外或山上去才听
得到的。这秋蝉的嘶叫，在北方可和蟋蟀耗子一样，简直像是家家户户都养在家
里的家虫。

　　还有秋雨哩，北方的秋雨，也似乎比南方的下得奇，下得有味，下得更像
样。在灰沉沉的天底下，忽而来一阵凉风，便息列索落地下起雨来了。一层雨过，
云渐渐地卷向了西去，天又晴了，太阳又露出脸来了，着着很厚的青布单衣或夹袄
的都市闲人，咬着烟管，在雨后的斜桥影里，上桥头树底下去一立，遇见熟人，
便会用了缓慢悠闲的声调，微叹着互答着地说："唉，天可真凉了——"（这

"了"字念得很高，拖得很长。）"可不是吗？一层秋雨一层凉了！"北方人念"阵"字，总老像是"层"字，平平仄仄起来，这念错的歧韵，倒来得正好。

北方的果树，到秋天，也是一种奇景。第一是枣子树，屋角，墙头，茅房边上，灶房门口，它都会一株株地长大起来。像橄榄又像鸽蛋似的这枣子颗儿，在小椭圆形的细叶中间，显出淡绿微黄的颜色的时候，正是秋的全盛时期，等枣树叶落，枣子红完，西北风就要起来了，北方便是沙尘灰土的世界，只有这枣子、柿子、葡萄，成熟到八九分的七八月之交，是北国的清秋的佳日，是一年之中最好也没有的Golden Days。

有些批评家说，中国的文人学士，尤其是诗人，都带着很浓厚的颓废的色彩，所以中国的诗文里，赞颂秋的文字特别的多。但外国的诗人，又何尝不然？我虽则外国诗文念的不多，也不想开出账来，做一篇秋的诗歌散文钞，但你若去一翻英德法意等诗人的集子，或各国的诗文的Anthology来，总能够看到许多并于秋的歌颂和悲啼。各著名的大诗人的长篇田园诗或四季诗里，也总以关于秋的部分写得最出色而最有味。足见有感觉的动物，有情趣的人类，对于秋，总是一样地特别能引起深沉、幽远、严厉、萧索的感触来的。不单是诗人，就是被关闭在

牢狱里的囚犯，到了秋天，我想也一定能感到一种不能自已的深情，秋之于人，何尝有国别，更何尝有人种阶级的区别呢？不过在中国，文字里有一个"秋士"的成语，读本里又有着很普遍的欧阳子的《秋声》与苏东坡的《赤壁赋》等，就觉得中国的文人与秋和关系特别深了，可是这秋的深味，尤其是中国的秋的深味，非要在北方，才感受得到底。

南国之秋，当然也是有它的特异的地方的，比如廿四桥的明月，钱塘江的秋潮，普陀山的凉雾，荔枝湾的残荷等等，可是色彩不浓，回味不永。比起北国的秋来，正像是黄酒之与白干，稀饭之与馍馍，鲈鱼之与大蟹，黄犬之与骆驼。

秋天，这北国的秋天，若留得住的话，我愿把寿命的三分之二折去，换得一个三分之一的零头。

作者简介 / ZUOZHE JIANJIE

郁达夫 原名郁文，字达夫，中国现代小说家、散文家、诗人。其散文多数取材自个人的生活经历，直抒胸臆，细腻地表达个人的思想感情和个性特点，语言清新秀美，充满"自叙传"色彩。代表作有小说《沉沦》《春风沉醉的晚上》《薄奠》，散文《故都的秋》等。

美文赏析

这是一篇悲秋感怀的散文。在文章开头，作者便将故都的秋味定为清、静、悲凉，主观的感伤情绪由此荡漾开来。全文寓情于景，通过对南、北方秋景的鲜明对比，对清晨静观、槐树落蕊、秋蝉残声、清凉秋雨、成熟秋果这五种自然风物的细腻描绘，对中外文人颂秋的共性解读，表达出深沉的悲秋之情，意味隽永。

故乡（选）

鲁迅［中国］

　　一日是天气很冷的午后，我吃过午饭，坐着喝茶，觉得外面有人进来了，便回头去看。我看时，不由得非常出惊，慌忙站起身，迎着走去。

　　这来的便是闰土。虽然我一见便知道是闰土，但又不是我这记忆中的闰土了。他身材增加了一倍；先前的紫色的圆脸，已经变作灰黄，而且加上了很深的皱纹；眼睛也像他父亲一样，周围都肿得通红，这我知道，在海边种地的人，终日吹着海风，大抵是这样的。他头上是一顶破毡帽，身上只一件极薄的棉衣，浑身瑟缩着；手里提着一个纸包和一支长烟管，那手也不是我所记得的红活圆实的手，却又粗又笨而且开裂，像是松树皮了。

　　我很兴奋，但不知道怎么说才好，只是说："啊！闰土哥——你来了……"我接着便有许多话，想要连珠一般涌出：角鸡，跳鱼儿，贝壳，猹……但又总觉

得被什么挡着似的，单在脑里面回旋，吐不出口外去。他站住了，脸上现出欢喜和凄凉的神情，动着嘴唇，却没有做声。他的态度终于恭敬起来了，分明地叫道："老爷……"我似乎打了一个寒噤。我就知道，我们之间已经隔了一层可悲的厚障壁了。我也说不出话。他回过头去说："水生，给老爷磕头。"便拖出躲在背后的孩子来，这正是一个廿年前的闰土，只是黄瘦些，颈子上没有银圈罢了。"这是第五个孩子，没有见过世面，躲躲闪闪……"

母亲和宏儿下楼来了，他们大约也听到了声音。

"老太太。信是早收到了。我实在喜欢得不得了，知道老爷回来……"闰土说。

"啊，你怎地这样客气起来。你们先前不是哥弟称呼么？还是照旧：迅哥儿。"母亲高兴地说。

"阿呀，老太太真是……这成什么规矩。那时是孩子，不懂事……"闰土说着，又叫水生上来打拱，那孩子却害羞，紧紧地只贴在他背后。

"他就是水生？第五个？都是生人，怕生也难怪的，还是宏儿和他去走走。"母亲说。宏儿听得这话，便来招水生，水生却松松爽爽同他一路出去了。

母亲叫闰土坐，他迟疑了一回，终于就了坐，将长烟管靠在桌旁，递过纸包来，说："冬天没有什么东西了。这一点干青豆倒是自家晒在那里的，请老爷……"

我问问他的景况。他只是摇头："非常难。第六个孩子也会帮忙了，却总是吃不够……又不太平……什么地方都要钱，没有规定……收成又坏。种出东西来，挑去卖，总要捐几回钱，折了本；不去卖，又只能烂掉……"他只是摇头，脸上虽然刻着许多皱纹，却全然不动，仿佛石像一般。他大约只是觉得苦，却又形容不出，沉默了片时，便拿起烟管来默默地吸烟了。

母亲问他，知道他的家里事务忙，明天便得回去，又没有吃过午饭，便叫他自己到厨下炒饭吃去。他出去了。母亲和我都叹息他的景况：多子，饥荒，苛税，兵，匪，官，绅，都苦得他像一个木偶人了。母亲对我说，凡是不必搬走的东西，尽可以送他，可以听他自己去拣择。下午，他拣好了几件东西：两条长桌，四个椅子，一副香炉和烛台，一杆抬秤。他又要所有的草灰（我们这里煮饭是烧稻草的，那灰，可以做沙地的肥料），待我们启程的时候，他用船来载去。夜间，我们又谈些闲天，都是无关紧要的话。第二天早晨，他就领了水生回去了。

又过了九日，是我们启程的日期。闰土早晨便到了，水生没有同来，却只带着一个五岁的女儿管船只。我们终日很忙碌，再没有谈天的工夫。来客也不少，有送行的，有拿东西的，有送行兼拿东西的。待到傍晚我们上船的时候，这老屋里的所有破旧大小粗细东西，已经一扫而空了。

我们的船向前走，两岸的青山在黄昏中，都装成了深黛颜色，连着退向船后梢去。宏儿和我靠着船窗，同看外面模糊的风景，他忽然问道："大伯！我们什么时候回来？"

"回来？你怎么还没有走就想回来了。"

"可是，水生约我到他家玩去咧……"他睁着大的黑眼睛，痴痴地想。

我和母亲也都有些惘然，于是又提起闰土来。母亲说，那豆腐西施的杨二嫂，自从我家收拾行李以来，本是每日必到的，前天伊在灰堆里，掏出十多个碗碟来，议论之后，便定说是闰土埋着的，他可以在运灰的时候，一齐搬回家里去。杨二嫂发现了这件事，自己很以为功，便拿了那狗气杀（这是我们这里养鸡的器具，木盘上面有着栅栏，内盛食料，鸡可以伸进颈子去啄，狗却不能，只能看着气死），飞也似的跑了，亏伊装着这么高低的小脚，竟跑得这样快。

老屋离我愈远了；故乡的山水也都渐渐远离了我，但我却并不感到怎样的留恋。我只觉得我四面有看不见的高墙，将我隔成孤身，使我非常气闷。那西瓜地上的银项圈的小英雄的影像，我本来十分清楚，现在却忽地模糊了，又使我非常地悲哀。

母亲和宏儿都睡着了。我躺着，听船底潺潺的水声，知道我在走我的路。我想：我竟与闰土隔绝到这地步了，但我们的后辈还是一气，宏儿不是正在想念水生么。我希望他们不再像我，又大家隔膜起来……然而我又不愿意他们因为要一气，都如我的辛苦辗转而生活，也不愿意他们都如闰土的辛苦麻木而生活，也不愿意都如别人的辛苦恣睢而生活。他们应该有新的生活，为我们所未经生活过的。

我想到希望，忽然害怕起来了。闰土要香炉和烛台的时候，我还暗地里笑他，以为他总是崇拜偶像，什么时候都不忘却。现在我所谓希望，不也是我自己手制的偶像么？只是他的愿望切近，我的愿望茫远罢了。我在朦胧中，眼前展开一片海边碧绿的沙地来，上面深蓝的天空中挂着一轮金黄的圆月。我想：希望是本无所谓有，无所谓无的。这正如地上的路；其实地上本没有路，走的人多了，也便成了路。

美文赏析

此文选自《故乡》的后半部分，"我"对生存现状的感触更加深刻，儿时纯真活泼的闰土如今变得麻木凄苦，而闰土父子的命运又似乎如宿命轮回般不可把握。朴实的文笔刻画出了封建压制下的典型小人物形象，深刻的心理剖析表达出"我"对现实的愤懑，对未来的期待和畏惧，进而从困苦中觉醒，积极追求创造新生活。

海燕

高尔基［苏联］

在苍茫的大海上，狂风卷集着乌云。在乌云和大海之间，海燕像黑色的闪电，在高傲地飞翔，一会儿翅膀碰着波浪，一会儿箭一般地直冲向乌云，它叫喊着——就在这鸟儿勇敢的叫喊声里，乌云听出了欢乐。在这叫喊声里，充满着对暴风雨的渴望！在这叫喊声里，乌云听出了愤怒的力量、热情的火焰和胜利的信心。

海鸥在暴风雨来临之前呻吟着——呻吟着，它们在大海上飞窜，想把自己对暴风雨的恐惧，掩藏到大海深处。海鸭也在呻吟着——它们这些海鸭啊，享受不了生活的战斗的欢乐：轰隆隆的雷声就把它们吓坏了。蠢笨的企鹅，胆怯地把肥胖的身体躲藏到悬崖底下……只有那高傲的海燕，勇敢地，自由自在地，在泛起白沫的大海上飞翔！

乌云越来越暗，越来越低，向海面直压下来，而波浪一边歌唱，一边冲向高空，去迎接那雷声。雷声轰响。波浪在愤怒的飞沫中呼叫，跟狂风争鸣。看吧，

狂风紧紧抱起一层层巨浪，恶狠狠地把它们甩到悬崖上，把这些大块的翡翠摔成尘雾和碎末。

海燕叫喊着，飞翔着，像黑色的闪电，箭一般地穿过乌云，翅膀掠起波浪的飞沫。看吧，它飞舞着，像个精灵——高傲的、黑色的暴风雨的精灵——它在大笑，它又在号叫……它笑那些乌云，它因为欢乐而号叫！这个敏感的精灵从雷声的震怒里，早就听出了困乏，它深信，乌云遮不住太阳的——是的，遮不住的！

狂风吼叫……雷声轰响……一堆堆乌云，像青色的火焰，在无底的大海上燃烧。大海抓住闪电的箭光，把它们熄灭在自己的深渊里。这些闪电的影子，活像一条条火蛇，在大海里蜿蜒游动，一晃就消失了。

——暴风雨！暴风雨就要来啦！这是勇敢的海燕，在怒吼的大海上，在闪电中间，高傲地飞翔；这是胜利的预言家在叫喊：让暴风雨来得更猛烈些吧！

作者简介 / ZUOZHE JIANJIE

高尔基 原名阿列克赛·马克西莫维奇·彼什科夫，苏联社会主义、现实主义文学奠基人，作品大多通过黑暗与光明的对比歌颂向往光明及为民众利益献身的英雄人物。代表作有散文诗《海燕》、小说《母亲》以及自传体三部曲《童年》《在人间》《我的大学》等。

美文赏析

这篇散文诗创作于1901年俄国第一次大革命的前夜。当时身处社会底层的高尔基以笔为武器，谱写了一首以海燕所象征的无产阶级革命者的颂歌。全文饱含革命激情，语句精炼有力，综合使用象征、拟人、排比、反复、比喻等修辞手法，生动立体地塑造出了文学史上著名的艺术形象——与暴风雨奋力搏击的海燕。

荷马墓上的一朵玫瑰

安徒生［丹麦］

东方所有的歌曲都歌诵着夜莺对玫瑰花的爱情。在星星闪耀的静夜里，这只有翼的歌手为它芬芳的花儿唱一支情歌。

离士麦那不远，在一株高大的梧桐树下，我看到开满花的玫瑰树所组成的篱笆。野鸽在高大的树枝间飞翔。玫瑰树篱笆上有一朵花，一朵所有的鲜花中最美丽的花。夜莺对它唱出爱情的悲愁。但是这朵玫瑰一句话也不说，它的叶子上连一颗作为同情的眼泪的露珠都没有。它只是面对着几块大石头垂下枝子。

"这儿躺着世界上一个最伟大的歌手！"玫瑰花说，"我在他的墓上散发出香气。当暴风雨袭来的时候，我的花瓣落到它身上，这位《伊利亚特》的歌唱者变成了这块土地中的尘土，我从这尘土中发芽、生长！我是荷马墓上长出的一朵玫瑰。我太神圣了，我不能为一个平凡的夜莺开出花来。"于是夜莺就一直歌唱到死。

赶骆驼的商人带着驮着东西的牲口和黑奴走来了。他的小儿子看到了这只死鸟，把这只小小的歌手埋到伟大的荷马的墓里。

那朵玫瑰花在风中发着抖。黄昏到来了，玫瑰花紧紧地收敛花瓣，做了一个梦。它梦见，一个阳光普照的日子，一群异国人来参拜荷马的坟墓。他们中有一位歌手来自北国，来自云块和北极光的故乡。他摘下这朵玫瑰，把它夹在一本书里，把它带到了他的辽远的祖国。这朵玫瑰在悲哀中萎谢了，静静地躺在这本小书里。他在家里把这本书打开，说："这是从荷马墓上摘下的一朵玫瑰。"这朵花从梦中惊醒，在风中发抖。于是，一颗露珠从她的花瓣上滚到这位歌手的墓上去。

　　太阳升起来了，天气温暖起来，玫瑰花开得比以前还要美丽。她是生长在温暖的亚洲。这时，脚步声音响起来了。玫瑰花在梦里所见到的那群异国人来了。其中有一位北国的诗人摘下这朵玫瑰，吻了它一下，把它带到云块和北极光的故乡去了。现在，这朵花躺在他的《伊利亚特》里面。它像在做梦一样，听到他打开这本书，说："这是荷马墓上的一朵玫瑰。"

作者简介 / ZUOZHE JIANJIE

安徒生　19世纪丹麦作家、童话大师。其作品语言生动、自然、优美，充满诗意的美和讽刺性的幽默，或闪耀着人性的光辉，或揭露社会的丑陋。代表作有《丑小鸭》《海的女儿》《卖火柴的小女孩》《皇帝的新装》《荷马墓上的一朵玫瑰》等。

美文赏析

　　荷马根据民间传说创作了《伊利亚特》和《奥德赛》这两部宏伟史诗。安徒生以荷马墓上的一朵玫瑰为题，通过生动、诗意的语言吟诵出玫瑰对于夜莺深情歌唱的不予理会、对于长伴荷马诗篇的梦想，这既是玫瑰的心灵表达，也是安徒生对荷马的崇高敬意的表达。全文想象丰富，富有浪漫主义色彩。

荷塘月色

朱自清 [中国]

　　这几天心里颇不宁静。今晚在院子里坐着乘凉，忽然想起日日走过的荷塘，在这满月的光里，总该另有一番样子吧。月亮渐渐地升高了，墙外马路上孩子们的欢笑，已经听不见了；妻在屋里拍着闰儿，迷迷糊糊地哼着眠歌。我悄悄地披了大衫，带上门出去。

　　沿着荷塘，是一条曲折的小煤屑路。这是一条幽僻的路；白天也少人走，夜晚更加寂寞。荷塘四面，长着许多树，蓊蓊郁郁的。路的一旁，是些杨柳，和一些不知道名字的树。没有月光的晚上，这路上阴森森的，有些怕人。今晚却很好，虽然月光也还是淡淡的。

　　路上只我一个人，背着手踱着。这一片天地好像是我的，我也像超出了平常的自己，到了另一世界里。我爱热闹，也爱冷静；爱群居，也爱独处。像今晚上，一个人在这苍茫的月下，什么都可以想，什么都可以不想，便觉是个自由的

人。白天里一定要做的事，一定要说的话，现在都可不理。这是独处的妙处，我且受用这无边的荷香月色好了。

曲曲折折的荷塘上面，弥望的是田田的叶子。叶子出水很高，像亭亭的舞女的裙。层层的叶子中间，零星地点缀着些白花，有袅娜地开着的，有羞涩地打着朵儿的，正如一粒粒的明珠，又如碧天里的星星，又如刚出浴的美人。微风过处，送来缕缕清香，仿佛远处高楼上渺茫的歌声似的。这时候叶子与花也有一丝的颤动，像闪电般，霎时传过荷塘的那边去了。叶子本是肩并肩密密地挨着，这便宛然有了一道凝碧的波痕。叶子底下是脉脉的流水，遮住了，不能见一些颜色，而叶子却更见风致了。

月光如流水一般，静静地泻在这一片叶子和花上。薄薄的青雾浮起在荷塘里。叶子和花仿佛在牛乳中洗过一样，又像笼着轻纱的梦。虽然是满月，天上却有一层淡淡的云，所以不能朗照，但我以为这恰是到了好处——酣眠固不可少，小睡也别有风味的。月光是隔了树照过来的，高处丛生的灌木，落下参差的斑驳的黑影，峭楞楞如鬼一般；弯弯的杨柳的稀疏的倩影，却又像是画在荷叶上。塘中的月色并不均匀，但光与影有着和谐的旋律，如梵婀玲奏着的名曲。

荷塘的四面，远远近近，高高低低都是树，而杨柳最多。这些树将一片荷塘重重围住；只在小路一旁，漏着几段空隙，像是特为月光留下的。树色一例是阴阴的，乍看像一团烟雾；但杨柳的丰姿，便在烟雾里也辨得出。树梢上隐隐约约的是一带远山，只有些大意罢了。树缝里也漏着一两点路灯光，没精打采的，是渴睡人的眼。这时候最热闹的，要数树上的蝉声与水里的蛙声。但热闹是它们的，我什么也没有。

忽然想起采莲的事情来了。采莲是江南的旧俗，似乎很早就有，而六朝时为盛，从诗歌里可以约略知道。采莲的是少年的女子，她们是荡着小船，唱着艳歌去的。采莲人不用说很多，还有看采莲的人。那是一个热闹的季节，也是一个风流的季节。梁元帝《采莲赋》里说得好：

"于是妖童媛女，荡舟心许；鹢首徐回，兼传羽杯；櫂将移而藻挂，船欲动而萍开。尔其纤腰束素，迁延顾步；夏始春余，叶嫩花初，恐沾裳而浅笑，畏倾船而敛裾。"

可见当时嬉游的光景了。这真是有趣的事，可惜我们现在早已无福消受了。

于是又记起《西洲曲》里的句子：

"采莲南塘秋，莲花过人头；低头弄莲子，莲子清如水。"

今晚若有采莲人，这儿的莲花也算得"过人头"了；只不见一些流水的影子，是不行的。这令我到底惦着江南了。

这样想着，猛一抬头，不觉已是自己的门前；轻轻地推门进去，什么声息也没有，妻已睡熟好久了。

美文赏析 ●

这是一篇写景散文。朴素诗意的文笔精描细绘出一幅优美、朦胧的荷塘月色写意画，传达出淡淡的喜悦之情。比喻、拟人、通感等修辞手法的使用，赋予了荷塘月色灵动之气；叠词的使用、紧凑的排比句式使文段节奏富有韵律感。文末对于蝉声的描写和旧事的回忆，又荡漾出淡淡的忧愁。朴素真实的情感表达自然、感人。

黄昏和黎明

泰戈尔［印度］

这里，黄昏已经降临。太阳神啊，你那黎明现在沉落在哪个国度、哪个海滨？这里，晚香玉在黑暗中微微颤动，宛如披着面纱的新娘，羞涩地立在新房之门；清晨之花——金香木，又在哪里争芳斗妍？

有人醒来了，黄昏时点燃的灯火已熄灭，夜里编好的白玫瑰花环已凋落。

这里，家家的柴扉紧闭；那里，户户的窗子敞开。这里，船靠岸，渔民入睡；那里，和风扬起了篷帆。

人们离开客店，向东方走去。晨光映在他们的脸上，一双双黑黑的眼睛透过路旁的一扇扇窗子，含着怜悯的渴望，凝视着他们的背影。大路在他们面前展开了请帖："一切都准备就绪。"随着他们心潮的节奏，胜利之鼓已经擂响。

这里，所有的人都乘坐这日暮之舟向黄昏的晚霞中渡去。

在客店的院子里，他们铺下破衣烂衫，倒下来栖身。黑暗中无法看清前面的路上是什么，他们只是悄声细语地谈论着所经过的路上发生的事。谈着谈着，话语便中断，继而一片寂静。然后，他们抬头仰望，北斗七星正悬挂在天宇。

太阳神啊，这个黄昏在你的左侧矗立，那个黎明却在你的右边伸展腰肢。请你让它们联合起来吧！让这黄昏的阴影和朝霞的光辉互相拥抱和亲吻吧！让这黄昏之曲为那黎明之歌祝福吧！

作者简介 / ZUOZHE JIANJIE

泰戈尔 印度诗人、文学家、艺术家、社会活动家、哲学家和印度民族主义者，曾获诺贝尔文学奖。其作品以诗作为主，散文偏少，文作文辞优美，笔触细腻，充满诗情画意。其代表作有《园丁集》《新月集》《飞鸟集》《吉檀迦利》等。

美文赏析

对比、比拟的修辞手法，在这篇短文中应用得非常精妙。"黄昏"和"黎明"，一个是光明渐去的末段旅程，一个是光明来临的序曲，全文并没有着墨于描写二者的自然天色变化，而是通过形象的事物、诗意的语言将暗与明的对比突显出来，并通过故事性的描述使这种对比有机地结合在一起，自然和谐。

火烧云

萧红［中国］

晚饭以后，火烧云上来了。霞光照得小孩子的脸红红的。大白狗变成红的了。红公鸡变成金的了。黑母鸡变成紫檀色的了。喂猪的老爷爷在墙根站着，笑盈盈地看着他的两头小白猪变成小金猪了。他刚想说"你们也变了"，旁边走来个乘凉的人对他说："您老人家必要高寿，你老是金胡子了。"

天上的云从西边一直烧到东边，红彤彤的，好像是天空着了火。

这地方的火烧云变化极多，一会儿红彤彤的，一会儿金灿灿的，一会儿半紫半黄，一会儿半灰半百合色。葡萄灰，梨黄，茄子紫，这些颜色天空都有，还有些说也说不出来、见也没见过的颜色。

一会儿，天空出现一匹马，马头向南，马尾向西。马是跪着的，像是在等人

起到它背上，它才站起来似的。过了两三

秒钟，那匹马大起来了，马腿伸开了，马脖

子也长了，一条马尾巴可不见了。看的人正在寻找马尾

巴，那匹马就变模糊了。

忽然又来了一条大狗。那条狗十分凶猛，它在前边跑

着，后边似乎还跟着好几条小狗。跑着跑着，小狗不知

跑到哪里去了，大狗也不见了。

接着又来了一头大狮子，跟庙门前的大石头狮

子一模一样，也那么大，也是那么蹲着，很威武很

镇静地蹲着。可是一转眼就变了，想再看到那头大狮子，怎么也看不到了。

一时恍恍惚惚的，天空里又像这个又像那个，其实什么也不像，什么也看不

清了。必须低下头，揉揉眼睛，沉静一会儿再看。可是天空偏偏不等待那些爱好

它的孩子。一会儿工夫，火烧云下去了。

作者简介 / ZUOZHE JIANJIE

萧红 原名张乃莹，中国现代作家，其作品多为小说，以女性视角透视人性和社会，在
"对传统意识和文化心态的无情解剖中，向着民主精神与个性意识发出深情的呼唤"。代
表作有小说《生死场》《呼兰河传》、散文《火烧云》《回忆鲁迅先生》等。

美文赏析

朴实无华的语言、生动形象的比喻和层进句式，共同演绎出火烧云上来、变化
直至下去的整个过程。全文直接从色彩变化入题，通过对地面上人和动物的外观
变化反衬出火烧云的颜色，进而突出火烧云的绚丽多变，自然引入对于火烧云形
状的描写，形象生动的比喻和故事性的描述突出了火烧云千姿百态的形态美。

假如给我三天光明

海伦·凯勒［美国］

假如给我三天光明，我自然最希望看到那些在我的黑暗岁月里使我感到最亲切的东西。我常常内心里呼唤着，让我看看这一切吧。

假如给我三天光明，第一天，我要看到那些善良、温和的人，是他们使我的生活变得有价值。首先，我想长时间地凝视我亲爱的老师安妮·沙利文女士，当我还是孩子时，她就为我打开了外面的世界。我要从她的眼睛里看到那使她面对困难的坚强毅力和她那经常向我显示出的对于人类的同情心。

我要将我的所有亲朋好友都叫来，好好端详他们的面容，将他们由内而外的美铭记于心。我还要看一个婴儿的面容，看到那种生动的、天真无邪的美。我还要看看我那群忠诚的朋友——狗的眼睛，它们使我感到温暖。我还要好好看看我的家。我要虔敬地凝视我所读过的那些凸字书，不过我更急于看到拥有视力的人读的印刷书，因为在那些漫长的黑夜里，我读过的书以及别人读给我听的书像灯塔一样照亮了我的人生。

下午，我将在森林里长时间地漫

步，让自己的眼睛陶醉在大自
然壮观的景色里。我还将有幸
看到壮观的日落。当夜幕降临，我将以能
看到人造光明而体验到双重的喜悦。

第二天早上，我将伴着晨光起床，看到大自然怎样从黑夜转向白昼，看到太
阳把大地从熟睡中唤醒的壮观景象。

我要把这一天用来游览整个世界。我想看看人类所走过的艰难曲折的发展道
路。当然，这一切只能通过参观博物馆得知。以前，我经常去纽约自然历史博物
馆，用手无数次地触摸那里展出的物品，我多么渴望能用自己的眼睛看一看这些
缩写的地球史。拥有视力的人可以在那里度过许多受益匪浅的时光，而我却只能
在想象中短短的三天光明里对此匆匆一瞥。自然历史博物馆揭示了世界的物质方
面，艺术博物馆则展现出了人类精神领域的无数个侧面。那些能用手触摸的艺术
品使我能理解它们的意义，然而对于那些只能看不能摸的艺术品，我以前只能通
过猜测来解读它们那神秘的美。但是现在，我可以用眼睛来看它们了。因此，在
拥有光明的第二天，我将通过艺术探索人类的灵魂。

第二天的夜晚，我将在戏院或电影院度过。我多么想用自己的眼睛看一看哈姆雷特迷人的风采，模仿他每一个优雅的动作！我想看的戏实在太多了。如果我能看到一场戏，我就会知道怎样在心中描绘出我用盲文字母读到或了解到的近百部戏剧的情节。第二天的夜晚，我将整晚在欣赏戏剧文学中度过。

接下来的一天，我将再一次迎接黎明，寻找新的喜悦。这是我想象中拥有视力的第三天，也是最后一天。今天我要在现实世界里，在从事日常生活的人们中间，度过平凡的一天。于是，纽约成了我的目的地。

我将从家里出发，沿途欣赏日常生活中的景色。我匆匆忙忙到达帝国大厦的顶层。不久之前我在那里通过秘书的眼睛"看到"了脚下的城市，现在我急于要把想象和现实作比较。我相信在我面前展开的这幅画卷决不会令我失望。然后，我开始周游这个城市。我站在繁华的街道上，只是看看来往的人群，想通过观察去了解他们的日常生活。看到微笑，我感到快乐；看到果断，我感到骄傲；看到疾苦，我心生怜悯。我将沿着第五大道散步，四顾周围五彩斑斓的景象。我要环城游览，到花园大街去，到贫民窟去，到工厂去，到孩子们玩耍的公园去。我还要到外国人的居住区看一看，做一次不出门的海外旅行。我将始终睁着眼睛看着幸福和悲惨的景象，以便进一步了解人们的工作和生活。

在这最后一天夜晚，我也许还会再次跑到剧院去看一出喜剧，以便能欣赏人类精神世界里的谐音。到午夜，永久的黑暗将重新向我袭来，我才会感到没有看到的东西实在太多了。不过，我脑海中已经充满了美丽的回忆，以至根本没有时间去后悔。

朋友，如果有朝一日你也将变成一个盲人，你将比以往更好地利用自己的眼睛，你的目光将捕捉和拥抱任何进入你视野之内的东西，你将真正看到一个美的世界在你面前展开。

朋友，让每一种官能都发挥它最大的作用，为世界向你展示的所有愉快而美好的细节而自豪吧！不过，在所有感官中，我相信，视觉一定是最令人赏心悦目的。

作者简介 / ZUOZHE JIANJIE

海伦·凯勒　19~20世纪美国盲、聋、哑女作家，教育家。她的一生挑战了生命的极限，取得了卓越的成就，其作品充满了对生活的热爱，彰显着坚强的意志。其主要著作有《假如给我三天光明》《我的人生故事》《我的老师》等。

美文赏析

对于盲、聋、哑的海伦·凯勒而言，"三天光明"只能在假设中拥有，世界的绝大多数美好只能通过触摸去感知。她以亲身的设想体验为题，字里行间无不诉说着对于"光明"的热望、对于生活的热爱，全文以真情感人，也道出一个深刻的主题：珍惜生命的每一种赐予。

竞选州长

马克·吐温［美国］

几个月之前，我被提名为纽约州州长候选人，代表独立党与斯坦华脱·勒·伍福特先生和约翰·特·霍夫曼先生竞选。我总觉得自己有超过这两位先生的明显的优势，那就是我的名声好。这一点从报上很容易就能看得出。

一天，当我一边吃早饭，一边无精打采地翻阅报纸时，看到这样一段消息：

"伪证罪——1863年，在交趾支那的瓦卡瓦克，有34名证人证明马克·吐温先生犯有伪证罪，企图侵占一小块香蕉种植地，那是当地一位穷寡妇和她那群孤儿靠着活命的唯一资源……吐温先生不管是对自己或是对要求投票选举他的伟大人民，都有责任澄清此事的真相。他愿意这样做吗？"

我当时惊愕不已！我从来就没有到过交趾支那！我从来没听说过什么瓦卡瓦克！我也不知道什么香蕉种植地！我不知道要怎么办才好，我简直要发疯了，却又毫无办法。

第二天早晨，这家报纸再没说别的什么，只有这么一句话："意味深长——大家都会注意到：吐温先生对交趾支那伪证案一事一直保持缄默。"（在这场竞选运动中，这家报纸以后但凡提到我时，必称"臭名昭著的伪证犯吐温"。）

接着《新闻报》上登了这样一段话："需要查清——吐温先生在蒙大拿州野营时，

与他住在同一帐篷的伙伴经常丢失小东西，后来这些东西一件不少地都从吐温先生身上或'箱子'里发现了。大家为他着想，不得不对他进行友好的告诫，在他身上涂满柏油，粘上羽毛，叫他坐木杠，把他撵出去，并劝告他让出铺位，从此别再回来。他愿意解释这件事吗？"（此后，这家报纸照例称我为"蒙大拿的小偷吐温"。）

难道还有比这种控告用心更加险恶的吗？我根本就没有去过蒙大拿州！

于是，我开始变得一拿起报纸就有些提心吊胆起来，正如同你想睡觉时拿起一床毯子，可总是不放心，生怕那里面有条蛇似的。

有一天，我看到这么一段消息："谎言已被揭穿！根据某某某的宣誓证书，现已证实：马克·吐温先生曾恶毒声称我们尊贵的领袖约翰·特·霍夫曼的祖父曾因拦路抢劫而被处绞刑一说，纯属谎言。他毁谤亡人，用这种下流手段来达到政治上的成功，使有道德之人甚为沮丧。当我们想到这一卑劣谎言必然会使死者无

辜的亲友蒙受极大悲痛时，几乎要被迫煽动起被伤害和被侮辱的公众，立即对诽谤者施以非法的报复。但是我们不这样！还是让他去因受良心谴责而感到痛苦吧。（不过，如果公众义愤填膺，对诽谤者进行人身伤害，陪审员也不可能对此事件的凶手们定罪，法庭也不可能对他们加以惩罚。）"

最后这句巧妙的话很起作用，当天晚上当"被伤害和被侮辱的公

众"冲进来时，吓得我赶紧从后门溜走。他们义愤填膺，来时捣毁家具和门窗，走时把能拿动的财物统统带走。然而，我可以手按《圣经》起誓：我从没诽谤过霍夫曼州长的祖父。而且在那以前，我从没听人说起过他，我自己也没提到过他。

此后不久，我又得到了三个头衔："酒疯子吐温"、"贿赂犯吐温"和"讹诈犯吐温"。舆论哗然，纷纷要我"答复"所有对我提出的那些可怕的指控。这就使得我们党的报刊主编和领袖们都说，如果我再沉默不语，我的政治生命就要毁了。

就在第二天，一家报纸登了这样一段话："明察此人！独立党这位候选人至今默不吭声，因为他不敢说话。对他的每条控告都有证据，并且那种足以说明问题的沉默一再承认了他的罪状，现在他永远翻不了案了。独立党的党员们，看看你们这位候选人吧！看看这位声名狼藉的伪证犯！这位蒙大拿的小偷……这个家伙犯下了这么可怕的罪行，得了这么一连串倒霉的称号，而且一条也不敢予以否认，看你们是否还愿意把自己公正的选票投给他！"

我无法摆脱这种困境，只得忍受屈辱，准备着手"答复"。但是我始终没有做成，因为就在第二天，有一家报纸登出一个新的恐怖案件，说因一家疯人院妨碍我家的人看风景，我就将这座疯人院烧掉，把院里的病人统统烧死了，这使我万分惊慌。接着又是一个控告，说我为了吞占我叔父的财产而将他毒死，并且要求立即开棺验尸。这使我几乎陷入了精神错乱的境地。除此之外，还有人告我在负责育婴堂事务时雇用老掉了牙的、昏庸的亲戚给育婴堂做饭。我真的不知所措了。后来，有一天，竟然有人教唆九个刚刚在学走路的包括各种不同肤色、穿着各种各样的破烂衣服的小孩，冲到民众大会的讲台上来，紧紧抱住我的双腿，叫

我爸爸!

　　我放弃了竞选,降下旗帜投降。我不够竞选纽约州州长运动所要求的条件,所以,我呈递上退出候选人的声明,并心情沉痛地签上名字:"你忠实的朋友,过去是正派人,现在却成了伪证犯、小偷、拐尸犯、酒疯子、贿赂犯和讹诈犯的马克·吐温。"

作者简介 / ZUOZHE JIANJIE

马克·吐温　原名塞缪尔·朗赫恩·克莱门斯,美国著名的幽默大师、作家、演说家,19世纪后期美国现实主义文学的杰出代表。其作品笔调幽默诙谐,思想深刻。代表作有《汤姆·索亚历险记》《竞选州长》《王子与贫儿》等。

美文赏析

　　参加一次竞选竟然无辜地招致无数恶意诽谤以至于不得不放弃竞选,整个过程充满戏剧性,极具讽刺意味。这篇小说以政坛事例为题,使用极度夸张的写作手法,辛辣大胆地讽刺了所谓"民主选举"的黑暗和丑陋。全文以第一人称口吻叙述,人物的心理变化和事态的发展变化步步推进,使全文更有信服力和感染力。

论美

纪伯伦［黎巴嫩］

你们到处追求美，除非美自己为你们引路，你如何能找到她呢？除非美为你们编制言辞，你们又怎样谈论美呢？

被虐待、受伤的人说："美是仁慈而又温和的，像一位年轻的母亲，为她自己的光荣，带着几分羞涩，在我们中间行走。"

热情的人说："不，美是强大而可怕的，像风暴一样震撼大地和天空。"

疲乏忧苦的人说："美是温柔的细语，她在我们心灵里说话。她的声音传达到我们的寂静中，如同微晕的光，在阴影的恐惧中颤动。"

仓皇不安的人说："美在万山中呐喊。兽蹄声、振翅声与狮吼声伴随而至。"

夜里守城的人说："美将要与东方的曙光一同升起。"

中午，劳动者和旅人说："美在落日的窗口上俯视大地。"

冬天，为大雪所阻的人说："美要和春天一同来临，在群山之间跳跃。"

在炎炎夏日里，刈者说："我们看见美和秋叶一同跳舞，看见她的发中有一堆白雪。"

这些都是你们关于美的谈话。实际上，你们谈论的却不是美，而是你们那未曾满足的需要。

美不是一种需要，只是一种欢乐。她不是干渴的口，也不是伸过来的空无所有的手。美是一颗火焰熊熊的心，一个陶醉的灵魂。美既不是你看见的形象，也不是你听到的歌。美却是你闭着眼睛也能看见的形象，掩着耳朵也能听得见的歌。

　　美不是皱巴巴树皮中的液汁，也不是连接爪子的翅膀。美是一座永远开花的花园，一群永远飞翔的天使。

　　奥法利斯的老百姓啊，美就是揭掉面纱露出神圣的脸时的生命。然而，你们是生命，也是面纱。美是不朽在揽镜自照。但你就是不朽，也就是镜子。

作者简介 / ZUOZHE JIANJIE

纪伯伦　黎巴嫩诗人、作家、画家，阿拉伯现代小说和散文的主要奠基人。其作品以散文最为知名，多以"爱"与"美"为主题，综合使用比喻、象征等手法表达深沉的情感，充满浪漫情调和哲理色彩。代表作有散文诗集《泪与笑》《先知》《沙与沫》等。

美文赏析 ●

　　此文选自《先知》，它以一位智者赠言的方式，以散文诗体的形式，论述美的内涵。全文先以浪漫抒情的笔调举例分析不同人群心中的美，使抽象的美形象化，而后又以冷峻理性的笔调一一否定并重塑美的形象，辩证地为"美"作结。全文节奏抑扬顿挫，韵律和谐。清新优美的语言和大量的排比句式强化了全文的艺术感染力。

落花生

许地山 [中国]

我们家的后园有半亩空地，母亲说："让它荒着怪可惜的，你们那么爱吃花生，就开辟出来种花生吧。"我们姐弟几个都很高兴，买种，翻地，播种，浇水，没过几个月，居然收获了。

母亲说："今晚我们过一个收获节，请你们父亲也来尝尝我们的新花生，好不好？"我们都说好。母亲把花生做成了好几样食品，还吩咐就在后园的茅亭里过这个节。

晚上天色不太好，可是父亲也来了，实在很难得。

父亲说："你们爱吃花生么？"

我们争着答应："爱！"

"谁能把花生的好处说出来？"

姐姐说："花生的味美。"

哥哥说："花生可以榨油。"

我说："花生的价钱便宜，谁都可以买来吃，都喜欢吃。这就是它的好处。"

父亲说："花生的好处很多，有一样最可贵：它的果实埋在地里，不像桃子、石榴、苹果那样，把鲜红嫩绿的果实高高地挂在枝头上，使人一见就生爱慕之心。你们看它矮矮地长在地上，等到成熟了，也不能立刻分辨出来它有没有果实，必须挖出来才知道。"

我们都说是，母亲也点点头。

父亲接下去说："所以你们要像花生，它虽然不好看，可是很有用，不是外表好看而没有实用的东西。"

我说："那么，人要做有用的人，不要做只讲体面而对别人没有好处的人了。"

父亲说："对。这是我对你们的希望。"

我们谈到夜深才散。花生做的食品都吃完了，父亲的话却深深地印在我的心上。

作者简介 / ZUOZHE JIANJIE

许地山 原名许赞堃，字地山，现代作家、学者，在开始创作时便以落华生（在古文中"华"通"花"）为笔名，勉励自己要做一个具有落花生品格的人，追求真理，追求进步。其代表作有《落花生》《空山灵雨》《印度文学》，译著有《二十夜问》《孟加拉民间故事》等。

美文赏析 ●●●

这是一篇回忆性短文，文风质朴，只是简单地叙述了种花生、吃花生、品花生等小事，但是底蕴深厚。全文借物喻人，花生"虽然不好看，可是很有用，不是外表好看而没有实用的东西"，由此阐发人生感悟，人"要做有用的人，不要做只讲体面而对别人没有好处的人"，即其所倡导的"落花生精神"。

麦琪的礼物

欧·亨利 [美国]

明天就是圣诞节了，可年轻的德拉只有一元八角七给丈夫吉姆买一份礼物。这还是她花去好几个月的时间，用了最大的努力一分一分地攒积下来的。德拉和丈夫住在一座旧公寓里，每周房租八美元。吉姆每星期挣二十美元，可是这些钱根本经不起花，支出总是大于预算……

德拉伤心地哭了一会儿，然后痴痴地望着窗外。突然，她从窗口旋风般地转过身来，两眼晶莹透亮，但二十秒之后她的面色失去了光彩。她急速地将头发散开。

吉姆和德拉各有一件引以自豪的宝贝。一件是吉姆的金表，另一件则是德拉的秀发。德拉的秀发会使占西女王的珍珠宝贝黯然失色，而吉姆的金表会令那富有的所罗门王忌妒得吹胡子瞪眼睛。

此时此刻，德拉的秀发像褐色的瀑布一样倾泻开来，长及膝下，好似一件长

袍。接着，她又神经质地赶紧把头发梳好，踌躇了一分钟，掉了一两滴眼泪。然后，她穿上那件褐色的旧外衣，戴上褐色的旧帽子，眼睛里残留着泪花，裙子一摆，出了门。

很快，德拉就把满头的秀发卖掉了，得到了二十美元。接下来的两个小时里，她搜寻各家店铺，终于找到了那份在她看来为吉姆特制的礼物。那是一条朴素的白金表链，镂刻着花纹。金表匹配这条链子，无论在任何场合，吉姆都可以毫无愧色地看时间了。德拉花去二十一美元买下它，便匆匆赶回家，只剩下八角七分钱。

回到家后，德拉的狂喜有点儿变得理智了。不出四十分钟，她就使头上布满了紧贴头皮的一绺绺卷发。她盯着镜子里的自己，小心地照来照去。七点钟，她煮好了咖啡，随时准备做肉排。然后，德拉将表链对叠握在手心，坐在离吉姆一贯进门最近的桌子旁。不久，她听见下面楼梯上响起了他的脚步声，她紧张得脸色失去了血色，心里默默地祈祷着："上帝啊，让他觉得我还是漂亮的吧。"

门开了，吉姆步入，随手关上了门。他显得瘦削而严肃，年纪轻轻就挑起了家庭重担！他需要买件新大衣，也需要一副手套。吉姆站在屋门口，两眼死死地盯着德拉。这种神情既不是愤怒，也不是惊讶，又不是不满，更不是嫌恶，根本不是她所预料的任何一种神情。德拉马上向他走过去。

"吉姆，亲爱的，"她喊道，"别那样盯着我。我把头发剪掉卖了，因为不送你一件礼物，我无法过圣诞节。头发会再长起来——你不会介意，是吗？圣诞快乐！吉姆，你肯定猜不着我给你买了一件多么美丽精致的礼物啊！"

"你已经把头发剪掉了？"吉姆吃力地问道。

"剪掉卖了，你不还是一样喜欢我吗？没了长发，我还是我嘛，对吗？"

吉姆古怪地四下望望这房间，问："你说你的头发没有了吗？"

"别找啦，"德拉说，"告诉你，我已经卖掉了。这是圣诞前夜。好好待我，这是为了你呀。也许我的头发数得清，"突然她特别温柔地接下去，"可谁也数不清我对你的爱啊。我做肉排了吗，吉姆？"

吉姆好像从恍惚之中醒来，把德拉紧紧地搂在怀里。他从大衣口袋里掏出一个小包，扔在桌上。"不要误会我，德拉，"他说道，"世上没有什么东西能减少一点点我对你的爱情。你只消打开那包东西，就会明白我刚才为什么发愣了。"

白皙的手指灵巧地解开绳子，打开纸包。紧接着是欣喜若狂的尖叫，但又突然变成了女性神经质的哭泣。这是因为摆在桌上的是她垂涎已久的一套梳子，都是用纯玳瑁做的，边上镶着珠宝——色彩正好同她失去的美发相匹配。她明白，这套梳子实在太昂贵，她从未想到过得到它。现在，这一切居然属于她了，可惜她那美丽的长发已无影无踪了。不过，她依然把发梳搂在胸前，许久才抬起泪眼，微笑着说："我的头发长得飞快，吉姆！"

随后，德拉跳起来叫道："喔！喔！"她急不可耐地把手掌摊开，伸到吉姆面前，那没有知觉的贵重金属似乎闪现着她的欢快和热忱："漂亮吗，吉姆？我搜遍了全城才找到它。现在，你每天可以看一百次时间了。把表给我，我要看看它配在表上的样子。"吉姆却倒在睡椅上，两手枕在头下，微微发笑。"德拉，"他说，"我们先把圣诞礼物放在一边吧。它们实在太好了，目前尚不宜用。我卖掉金表，换钱为你买了发梳。现在，你做肉排吧。"

正如诸位所知，麦琪是聪明人，他们把礼物送给出生在马槽里的耶稣，他们的礼物也是聪明的礼物。在这里，两个傻孩子极不明智地为了对方而牺牲了他们最最宝贵的东西。不过，让我们对现今的聪明人说最后一句话，在一切馈赠礼物的人中，那两个人是最聪明的；在一切馈赠又接收礼物的人中，像他们两个这样的人也是最聪明的。无论在任何地方，他们都是最聪明的人。他们就是麦琪。

作者简介 / ZUOZHE JIANJIE

欧·亨利 原名威廉·西德尼·波特，曾被誉为美国现代短篇小说之父。其作品取材美国民众生活，构思新颖，语言诙谐，结局常常出人意外，被誉为"美国生活的幽默百科全书"。代表作有《麦琪的礼物》《最后一片藤叶》《爱的牺牲》等。

美文赏析

"出人意料，又在情理之中"的结尾艺术被称为"欧·亨利式结尾"。本文大部分笔墨都在讲述贫穷的德拉如何设法为丈夫购买如意的圣诞礼物，看似平淡无奇，夹带一些诙谐风趣，而这都是为结尾而作的铺垫，在结尾升华全文主题。德拉和吉姆互赠并得到的最珍贵的礼物不是表链或发梳，而是爱。

美洲之夜

夏多布里昂 [法国]

　　一天傍晚，我在离尼亚加拉瀑布不远的森林中迷了路。转瞬间，太阳在我周围熄灭，我欣赏到了新大陆荒原美丽的夜景。

　　日落后一小时，月亮在对面天空出现。夜空皇后从东方带来的馨郁的微风好像她清新的气息，率先来到林中。孤独的星辰冉冉升起：她时而宁静地继续她蔚蓝的驰骋，时而在好像皑皑白雪笼罩山巅的云彩上栖息。云彩揭开或戴上它们的面纱，蔓延开去成为洁白的烟雾，散落成一团团轻盈的泡沫，或者在天空形成絮状的耀眼的长滩，看上去是那么轻盈、那么柔软和富于弹性，仿佛可以触摸似的。

　　地上的情景也同样令人陶醉：天鹅绒般的月光照进树林，把一束束光投射到最深的黑暗之中。我脚下流淌的小河有时消失在树木间，有时重现，河水辉映着夜空的群星。对岸是一片草原，草原上沉睡着如洗的月光，几棵稀疏的白桦在微风中摇

曳，在光海里形成几处飘浮着影子的岛屿。如果没有树叶的坠落、乍起的阵风、灰林号鸟的哀鸣，周围本是万籁俱寂的。远处不时传来尼亚加拉瀑布低沉的咆哮，那咆哮声在寂静的夜空越过重重荒原，最后湮灭在遥远的森林之中。

这幅图画的宏伟和令人惊悸的凄清是人类语言所不能表达的。试图在耕耘过的田野上扩展想象是徒劳的，它不能超越四面的村庄，但在这蛮荒的原野，我们的灵魂乐于进入林海的深处，在瀑布深渊的上空翱翔，在湖畔和河边沉思，并且可以说独自站立在上帝面前。

作者简介 / ZUOZHE JIANJIE

夏多布里昂　法国作家，丰富的游历和坎坷的政治生涯为其创作提供了大量的素材，其作品大多言辞优美，弥漫着忧伤动人的气息，富有浪漫主义色彩。代表作有《墓中回忆录》。

美文赏析 ●●●●●●●●●●●●●●●●●●●●●●●

梦幻般静美的夜空与静中有动的大地，共同构成了美洲之夜立体的美丽图景，视角广阔，由高到低，层次分明。迷途的"我"在大自然的美景中收获了灵魂上的愉悦，如"在瀑布深渊的上空翱翔，在湖畔和河边沉思，并且可以说独自站立在上帝面前。"如果生命为生活的坎坷波折所疲累，不妨到大自然中暂时休憩。

《名人传》初版序

罗曼·罗兰 [法国]

我们周围的空气多么沉重。老大的欧罗巴在重浊与腐败的气氛中昏迷不醒，鄙俗的物质主义镇压思想，阻挠政府与个人的行动，社会在乖巧卑下的自私自利中窒息而死，人类喘不过气来——打开窗子吧！让自由的空气重新进来，呼吸一下英雄们的气息。

人生充满苦难。对于不甘于平凡的人而言，人生是一场无休止的奋争，往往是悲惨的、没有幸福的，在孤寂中展开斗争。贫穷、日常的顾虑，沉重与愚蠢的劳作，压在他们身上，无益地消耗着他们的精力，没有希望，没有一丝欢乐，大多数还彼此隔离着，连对患难中的弟兄们施以援手的安慰都没有。他们只能依靠自己，可是有时连最坚强的人都不免在苦难中蹉跎。他们求助，求一个朋友。

为了援助他们，我才在他们周围集合一些英雄的友人，一些为善而受苦的伟大的心灵。这些"名人传"不是向野心家的骄傲申说的，而是献给受难者的。让我们把神圣的苦痛的油膏献给苦痛的人吧！我们在战斗中不是孤军。世界的黑暗，受着神光烛照，即使今日在我们近旁，我们也看到闪耀着两朵最纯洁的火焰，正义与自由：毕加大佐和蒲尔民族。即使他们不曾把浓密的黑暗一扫而空，至少他们在一闪之下已指点了大路。跟着他们走吧，跟着那些散在各个国家、各个时代、孤独奋斗的人走吧。让我们来摧毁时间的阻隔，使英雄的

种族再生。我们称为英雄的，并非以思想或强力称雄的人，而只是靠心灵而伟大的人。好似他们之中最伟大的一个，就是我们要叙述他的生涯的人所说的："除了仁慈以外，我不承认还有什么优越的标记。"没有伟大的品格，就没有伟大的人，甚至没有伟大的艺术家，伟大的行动者。所有的只是些空虚的偶像，匹配卑俗的灵魂的，时间会把他们一齐摧毁。成败又有什么相干？主要是成为伟大，而非显得伟大。

这些传记中人的生涯，几乎都是长期的受难史。有的是悲惨的命运把他们的灵魂在肉体与精神的苦难中磨折，在贫穷与疾病的铁砧上锻炼；有的目击同胞受着无名的羞辱与劫难，而生活为之戕害，内心为之碎裂，永远蒙受磨难，他们因为坚毅而成为伟大，也因为灾患而成为伟大。所以不幸的人啊！切勿过于怨叹，人类中最优秀的与你们同在。汲取他们的勇气做我们的养料吧；倘使我们太弱，就把头枕在他们的膝上休息一会儿吧。他们会安慰我们。在这些神圣的心灵中，有一股清明的力和强烈的爱像激流一般飞涌出来。甚至毋须探询他们的作品或倾听他们的声音，就在他们的眼里，就在他们的行述里，即可看到生命从没像处于患难时那么伟大、那么丰满、那么幸福。

在英雄的队伍内，我把首席给予坚强与纯洁的贝多芬。他在痛苦中曾祝望他的榜样能支持别的受难者，"但愿不幸的人，看到一个与他同样不幸的遭难者，不顾自然的阻碍，竭尽所能地成为一个不愧为人的人，而能借以自慰。"经过多少年超人的斗争与努力，克服了他的苦难，这位胜利的普罗米修斯回答一个向他提及上帝的朋友时说："噢，人啊，你当自助！"

我们对他这句豪语应当有所感悟，依着他的先例，我们应当重新鼓起对生命对人类的信仰！

作者简介 / ZUOZHE JIANJIE

罗曼·罗兰 法国思想家、文学家，法国批判现实主义作家、音乐评论家和社会活动家，曾获诺贝尔文学奖。其文学作品主要塑造为追求正义、光明而奋进的知识分子形象，内容积极向上，文风质朴、激昂。其代表作有《名人传》《约翰·克里斯朵夫》等。

美文赏析

此文原为《名人传》的初版序言，明确地表达了出版意图。作为独立的短文，全文逻辑缜密，节奏富有韵律感，对于大众充满悲悯之情，同时洋溢着昂扬的斗志，激励人们勇于与苦难作斗争，呼吸英雄的气息，汲取战胜苦难的力量。而罗曼·罗兰本人一生都在为争取人类自由、民主与光明而进行不屈的斗争。

秋天的日落

梭罗［美国］

最近十一月的一天，我们目睹了一次极其美丽的日落。

当我像往常一样在一道小溪发源处的草地上漫步时，那高空的太阳终于在一个凄苦的寒天之后、暮夕之前，突然在天际骤放澄明。

只见远方天幕下的衰草残茎，山边的树叶橡丛，顿时笼罩在一片柔美而耀眼的绮照之中，而我们自己的身影也长长地伸向草地的东方，仿佛是那缕斜照中仅有的点点微尘。

周围的风物是那么妍美，一晌之前还是难以想象，空气也是那么和暖纯净，一时这普通草原实在无异天上景象。

眼前之景难道是亘古以来不曾有过的特殊奇观吗？说不定自有天日以来，每个暮夕都是如此，因而连跑动在这里的孩童也会觉得自在欣悦。想到这些，这幅景象也就益发显得壮丽起来。

此刻，那落日的余晖正以它全部的灿烂与辉煌，不分城市与乡村，甚至以往日少见的艳丽，尽情斜映在这一带境远地偏的草地上。

这里没有一间房舍——茫茫之中只瞥见一头孤零零

的沼鹰，背羽上染尽了金黄；一只麝香鼠正在洞穴口探头；在沼泽之间望见了一股水色黝黑的小溪，蜿蜒曲折，绕行于一堆残株败根之旁。

我们漫步于其中的光照，是这样的纯美与熠耀，满目衰草树叶，一片金黄，晃晃之中又是这般柔和恬静，没有一丝涟漪，一息呜咽。我想我从来不曾沐浴过这么优美的金色光波。

西望林薮丘岗之际，彩焕灿然，恍若仙境边陲，而我们背后的秋阳，仿佛一个慈祥的牧人，正趁薄暮时分，赶送我们归去。

我们在踯躅于圣地的历程当中也是这样。总有一天，太阳的光辉会照耀得更加妍丽，会照射进我们的心扉灵府之中，会使我们的生涯洒满了更大彻悟的奇妙光照，其温煦、恬淡与金光熠耀，恰似一个秋日的岸边那样。

美文赏析

全文倾情描画秋天日落之美，且倾其笔墨细腻描绘落日塑造的景观来反衬这种美。远方天幕下的衰草残茎、山边的树叶橡丛，荒原上的沼鹰和麝香鼠，身处其中的人以及其他自然风物，共同沐浴着落日那温煦、恬淡的金光，整幅画面犹如油画般光与色自然调和，同时人与自然和谐相融。

撒哈拉之夏（选）

欧仁·弗洛芒坦［法国］

天气好极了。温度急剧上升，但没有使我泄气，反而更加激起我的兴致。一周以来，万里晴空没有出现任何云彩。天色蓝得既炽热又干燥，让人联想到长期的干旱。固定的东风几乎像空气一样热烘烘的，早晚间隔着刮过来，但总是很弱，似乎仅仅为了棕榈叶丛能保持一种轻微的摆动。每个人早已换上轻衣薄衫，戴着宽檐帽，大家只求生活在阴影下。我却下不了决心午睡，否则会为了安逸而浪费一天中最美好的时光。不管周围的人怎么劝我在阴处舒适休息，我还是拒绝听从，继续我行我素，与蜥蜴一起生活在沙漠里，登上高地，或者大中午跑遍全城。

撒哈拉人热爱他们的家乡。我赞赏这种热烈的感情。相反，那些异乡人、北方人把这个地区视为可怕之极，认为在这儿即使不热死、渴死，也会患思乡病而死。某些人看到我在此地感到奇怪，他们几乎一致劝我放弃再待几天的计划，否则不但浪费我的时间，白费力气，徒损健康，更糟的是还有可能会丧失理性。诚然，我承认，这个极其单纯、极其美丽的地区还不大会讨人喜爱，但是它也能像世上任何其他地区一样使人激动不已。这是一片既不优美也不安适，但却朴实无华的土地。一大片高地消失在更广袤、更平坦、沐浴着永恒光芒的地域之中，相当空旷，相当荒芜，外加几乎永远相似的天空，悄无声息、四处安宁的地平线，足以给人"沙漠"的概念。中部，一种类似偏僻城镇的地区，

环绕着寂静。接着，有点儿绿阴，一些沙质的岛状地。最后，有几座灰白色的钙质礁或者黑黝黝的石灰岩，位于一片犹如汪洋大海的浩瀚地区的边缘。这一切，除了日出、日落外，很少变化，很少意外，很少新奇，永远静寂、晒烤，不分范围；或者在最后一阵南风的吹拂下，沙堆改变了位置和形状。清晨很短，中午比别处更长更沉闷，几乎没有黄昏。有时，突然散发一阵强光和热气，灼热的风霎时使景色变得吓人，可能使人难以忍受。但通常情况下，这里处于一种阳光灿烂的静止状态，晴朗天气时带点憋闷的呆板，最后有种麻木的神态仿佛从上天传给万物，又从万物过渡到人的脸部。

这幅由阳光、沙漠、寂寥构成的炽热、生动的画面给人的最初印象是揪心的，无法同任何其他画面相比。然而，当眼睛渐渐习惯于线条的伟大、空间的寥廓、地面的光秃，如果还会对什么感到惊奇，那就是对如此缺少变化的效果居然保持敏感，对实际上极为普遍的场面居然激动不已。

在此之前，我还没有见过任何异常，符合我们对这个地区通常形成的特殊观念。与阿尔及尔相比，只是光线略强一些，天空更明朗更深远一些，这并未引起我丝毫诧异。这是一处干热地区的天空，当然有别于土地受到灌溉、浸润、晒热的埃及的天空。埃及拥有一条大江、众多广阔的濒海湖，那里的夜晚总是潮湿的，土地里的水分不断蒸发。这里的天空却是晴朗的、干燥的、不变的，接触的是黄色或白色的土地、浅红的山。茫无涯际地保持着纯蓝色，当它处在夕阳对面染成金黄色的时候，基部是紫罗兰色的，稍微带点铅灰色。我也没有见到过美丽的海市蜃楼。除了刮西罗科风的期间，地平线总是显得很清楚，从天空下呈现出来，只有最后一道灰蓝色条纹在早晨异常突出，但到了中午就有点同天空混淆起来了。朝姆扎卜绿洲方向的正南方，隔着一段很远的距离，可以瞥见一条由罗望子树林组成的不规则线条。每天在这部分沙漠中产生的微弱的蜃景，使这些树林显现得更近更大。然而，幻景不大给人深刻的印象，这必须具有经验才能懂得。

作者简介 / ZUOZHE JIANJIE

欧仁·弗洛芒坦　法国画家、小说家和散文家，其画评和游记非常有特色，注重细节描绘，不吝笔墨，整体富于画面感。代表作有《多米尼克》《撒哈拉之夏》等。

美文赏析 ●●●●●●●●●

　　此文选自《撒哈拉之夏》的前半部分，着重描绘撒哈拉之夏的自然面貌。作为画家，弗洛芒坦观察细致，一连串细节片段共同组成了"由阳光、沙漠、寂寥构成的炽热、生动的"撒哈拉，对比手法的运用更加突出了撒哈拉的干热。正是出于热爱之情，弗洛芒坦才会对撒哈拉如此精描细绘，呈现出一个寂寥、空旷的大舞台，供读者浮想联翩，而这也为《撒哈拉之夏》后半部分的出现做好了背景铺垫。

生活在大自然的怀抱里

卢梭［法国］

　　为了到花园里看日出，我起得比太阳还早。如果这是一个晴天，我最殷切的期望是不要有信件或来访扰乱这一天的清宁。我用上午的时间处理杂事。每件事都是我乐意完成的，因为这都不是非立即处理不可的急事。然后，我匆忙用膳，以便躲避那些不受欢迎的来访者，我就可以拥有一个充裕的下午。即使在最炎热的日子里，在中午一点钟前，我就顶着烈日带着小狗芳夏特出发了。由于担心不速之客使我不能脱身，我加紧了步伐。可是，一旦绕过一个拐角，我觉得自己得救了，就会松一口气，自言自语："今天下午我是自己的主宰了！"

　　接着，我迈着平静的步伐，到树林中去寻觅一个荒野的角落，一个人迹不至因而没有任何奴役和统治印记的荒野的角落，一个我相信在我之前从未有人到过的幽静的角落，那儿不会有令人厌恶的第三者跑来横隔在大自然和我之间。那儿，大自然在我眼前展开一幅永远清新的华丽的图景。金色的燃料木、紫红的欧石南非常繁茂，令我印象深刻，使我欣悦；头上树木的宏伟、四周灌木的纤丽、脚下花草惊人的纷繁使我眼花缭乱：这么多美好的东西竞相吸引我的注意力，使我在它们面前留步，从而助长我懒惰和爱空想的习惯，使我常常想："不，全身辉煌的所罗门也无法同它们当中任何一个相比。"

我的想象不会让如此美好的土地长久渺无人烟。我按自己的意愿立即在那儿安排了居民，我把舆论、偏见和所有虚假的感情远远驱走，使那些有资格享受如此佳境的人迁进大自然的乐园。

我将把他们组成一个亲切的社会，而我相信自己并非其中不相称的成员。我按照自己的喜好建造一个黄金的世纪，并用我那些甜美的回忆和我所憧憬的情境充实这美好的生活。我多么神往人类真正的快乐，甜美，纯洁，但如今已经远离。甚至每当念及此，我的眼泪就夺眶而出！啊！这个时刻，如要有关巴黎、我的世纪、我这个作家的卑微的虚荣心的念头来扰乱我的遐想，我就立即将它们赶走，使我能够专心陶醉于这些充溢我心灵的美妙的感情！（然而，在遐想中，我承认，我幻想的虚无有时会突然使我感到痛苦。甚至即使我所有的梦想变成现实，我也不会感到满足。我还会有新的梦想、新的期望、新的憧憬。我觉得我身上有一种无法填满、无法解释的空虚，有一种无法阐明但对某种其他快乐有所需求的向往。甚至这种向往也是一种快乐，我会因此满怀一种强烈的感情和一种迷人的感伤——而这都是我

不愿意舍弃的。）

我立即将思想从低处升高，转向自然界所有的生命，转向事物普遍的体系，转向主宰一切的不可思议的上帝。此刻，我的心灵迷失在大千世界里，我停止思维，我停止冥想，我停止哲学的推理；我怀着快感，感到肩负着宇宙的重压。我陶醉于这些伟大观念的混杂，我喜欢任由想象在空间驰骋；我禁锢在生命的疆界内的心灵感到这儿过分狭窄，我在天地间感到窒息，我希望投身到一个无限的世界中去。

我相信，如果我能够洞悉大自然所有的奥秘，我也许不会体会这种令人惊异的心醉神迷。我的心灵所沉湎的这种佳境使我在亢奋激动中有时高声呼唤："啊，伟大的上帝呀！啊，伟大的上帝呀！"但除此之外，我不能讲出也不能思考任何别的东西。

作者简介 / ZUOZHE JIANJIE

卢梭　法国启蒙思想家、哲学家、教育家、文学家，18世纪法国大革命的思想先驱，其作品渗透着对大自然的热爱之情，闪耀着哲理的光芒，其代表作有《论人类不平等的起源和基础》《社会契约论》《爱弥儿》《忏悔录》等。

美文赏析

对大自然真挚的热爱是贯穿全文的灵魂。初始的生活简述似乎缓缓道出现实的不自由，隐隐表达出对大自然的向往。这种情感随着"我"的脚步步步推进，在得以步入大自然后猛然爆发。优美的语言、哲思的语句将澎湃的喜悦之情、无限的美好遐想以及畅快的心醉神迷表达得淋漓尽致，引人向往。

生命的五种恩赐

马克·吐温［美国］

在生命的黎明时分，一位仁慈的仙女带着她的篮子跑来，说："这些都是礼物。挑一样吧，把其余的留下。要做出明智的选择！因为，这些礼物中只有一样是宝贵的。"礼物有五种：名望，爱情，财富，欢乐，死亡。

少年迫不及待地说："无需考虑了。"他挑选了欢乐。

一

他踏进社会，寻欢作乐，沉湎其中。可是，每一次欢乐到头来都是短暂、沮丧、虚妄的。它们在行将消逝时都嘲笑他。最后，他说："这些年我都白过了。假如我能重新挑选，我一定会做出明智的选择。"

二

仙女出现了，说："还剩四样礼物。再挑选一次吧。记住，只有一样是最宝贵的。"

这个人沉思良久，然后挑选了爱情。他没有觉察到仙女的眼里涌出的泪花。

多年以后，这个男人坐在一间空屋子里守着一口棺材，喃喃自忖道："她们一个个抛下我走了……孤寂朝我袭来。为了爱情给我的每小时欢娱，我付出了一个小时的悲伤。我从心底里诅咒它呀。"

三

"重新挑吧，"仙女道，"岁月无疑把你教聪明了。还剩三件礼物。记住，它们当中只有一样是有价值的，小心选择。"

良久，这个男人挑选了名望。仙女叹了口气，扬长而去。

许多年后，仙女又回来了。她站在那个在暮色中独坐冥想的男人身后。她明白他的心思："我名扬全球，有口皆碑，虽有一时之喜，但毕竟转瞬即逝！接踵而来的是嫉妒、诽谤、中伤、嫉恨、迫害，然后便是嘲笑。一切的末了，则是怜悯。名声卓著时遭人唾骂，名声狼藉时受人轻蔑和怜悯。"

四

"再挑吧。"仙女说，"还剩两样礼物。别绝望。从一开始起，便只有一样东西是宝贵的。它还在这儿呢。"

"财富——既是权利！我真瞎了眼呀！"那个男人道，"现在，生命终于变得有价值了。我要挥金如土，大肆炫耀。那些惯于嘲笑和蔑视我的人将匍匐在我脚前的污泥中。我要用他们的嫉妒来喂饱我饥饿的心灵。我要享受一切奢华，一切快乐，以及精神上的一切陶醉和肉体上的一切满足。我已经失去了许多时间，在这之前，都做了糊涂的选择。"

短暂的三年过去了。一天，那个男人坐在一间简陋的顶楼里瑟瑟发抖。他憔悴，苍白，双眼凹陷，衣衫褴褛。他一边咬嚼一块干面包皮，一边喃咕道："为了那种种卑劣的事端和镀金的谎言，我要诅咒人间的一切礼物，以及一切徒有虚名的东西！它们不是礼物，只是些暂借的伪装。它们永恒的真相是——痛苦，悲伤，羞辱，贫穷。仙女说得对。她的礼物之中只有一样是有价值的。现在我知道，这些东西跟那无价之宝相比是多么可怜卑贱啊！沉浸在无梦的永久酣睡之中，远离羞辱和悲伤，便一了百了。给我吧！我倦了。我要安息。"

仙女来了，又带来了四样礼物，独缺死亡。她说："我把它给了一个母亲的爱儿——一个孩子。他虽然懵然无知，却信任我，求我带他挑选。你没要求我替你选择啊。"

"哦，我真惨啊！那么留给我的是什么呢？"

"你只配遭受垂暮之年的反复无常的侮辱。"

美文赏析

这是一篇优美而悲凉的生命寓言，警示人们慎重对待人生。生命的五种恩赐，恰如人生道路上的种种欲望或诱惑，经历之前不知价值所在，选择之后享受过度终致凄苦不堪，而人生是不可重复的。文中，象征手法的使用、极端的例证强化了这一矛盾。如果能坦然地看开这一矛盾，适度地享受生命的恩赐，就会远离苦痛。

树林和草原

屠格涅夫〔俄国〕

　　在秋天，早晨严寒而白天明朗微寒的日子里，白桦树仿佛神话里的树木一样全部变成了金黄色，优美地出现在淡蓝色的天空中；低斜的阳光比夏天的阳光更加灿烂；小小的白杨树林光明通透，仿佛光秃秃地站着便是愉快而轻松的；霜花还在山谷底上发白，清风徐徐地吹动，追赶着卷曲的落叶；青色的波浪在河里欢腾地奔流着，载送着逍遥自在的鹅和鸭……

　　夏天烟雾弥漫的日子也很美好。四周静寂得难以形容！一切都觉醒了，但却默不作声。你从一棵树旁边经过，它一动也不动，似乎悠然自得。通过均匀地散布在空气中的薄雾，在你前面显出一片长长的黑影。你以为这是近处的树林。你走过去，这树林就变成了长在田边的一排高高的苦艾……一阵轻风拂过，一块淡蓝色的天空透过薄雾显现出来，金黄色的

阳光突刹时侵入，落到田野上，钻进树林里——接着，一切又都被遮蔽起来。这场斗争继续了很久。最后，光明获胜了，被太阳照暖了的最后一阵阵烟雾渐渐消失在发着柔光的蔚蓝色的高空中，这一天就变成壮丽无比的晴明天气了。

现在，你要出发去远离庄园的草原上行猎了。你的车子在乡间土道上行驶……你经过无数的货车旁边，经过几家大门敞开的旅店旁边，望见里面有一口井，屋檐下还有茶炊吱吱地沸腾着；你的车子从一个村庄开到另一个村庄，穿过一望无际的原野，沿着绿色的大麻田，一直行驶着。喜鹊从一棵柳树飞到另一棵柳树；农妇们手里拿着长长的草耙，在田野里慢慢地走；一个行路人穿着一件破旧的土布外套，肩负行囊，拖着疲劳的步子行走着；地主家的笨重的轿形马车上套着六匹高大而疲乏的马，向你迎面而来……再走远去，来到了草原地带。你从山上眺望，一个个耕种过的丘陵像巨浪一般起伏着；长满灌木丛的溪谷蜿蜒在丘陵中间；一片片丛林像岛屿一般散布着；狭窄的小径从一个村庄通到另一个村庄；各处有白色的礼拜堂；一条晶亮的小河从柳丛间穿过；远处原野中有一行野雁并列地站着；池塘边……你的车子继续向前行驶。丘陵越来越小，树木几乎看不见了。终于，你来到了一片茫无涯际的草原上！

在冬天的日子里，你在高高的雪堆上追逐兔子，呼吸凛冽的空气，雪光使你的眼睛不由自主地眯起来，你欣赏着红橙橙的树林上面的青天，这一切多么可爱啊！

在早春的日子里，当四周一切都发出闪光而逐渐崩裂的时候，通过融解的雪的浓重的水气，已经闻得出温暖的土地的气息；在雪融化了的地方，在斜射的阳光下，云雀天真烂漫地歌唱着，急流发出愉快的喧哗声和咆哮声，从一个溪谷奔向另一个溪谷。

但是现在应该结束了。我正好又讲到了春天：在春天容易别离，在春天，幸福的人也会被吸引到远方去。再见了，我的读者，祝您永远称心如意。

作者简介 / ZUOZHE JIANJIE

屠格涅夫　俄国现实主义小说家、诗人和剧作家，在小说方面被称为"小说家中的小说家"，语言朴实优美，结构严密，在写景方面被誉为"大师"，能将大自然的细微变化和人物的情绪自然地融于一体。代表作有《猎人笔记》《父与子》等。

美文赏析

此文选自《猎人笔记》的最后一篇，以猎人行踪为线索，以时空为坐标，随着猎人的见闻和情感变化，一幅幅真实具体、生动形象的俄罗斯乡村风情画徐徐展现，充满浓郁的乡土气息。全文结构清晰，逻辑顺畅，语言清新优美。托尔斯泰曾这样赞叹屠格涅夫的风景描写："只要他描上三笔两笔，自然景物就会冒出芬芳。"

泰山日出

徐志摩 [中国]

　　振铎来信要我在《小说月报》的泰戈尔号上说几句话。我也曾答应了，但这一时游济南游泰山游孔陵，太乐了，一时竟拉不拢心思来做整篇的文字，一直挨到现在期限快到，只得勉强坐下来，把我想得到的话不整齐地写出。

　　我们在泰山顶上看出太阳。在航过海的人，看太阳从地平线下爬上来，本不是奇事，而且我个人是曾饱饫过江海与印度洋无比的日彩的。但在高山顶上看日出，尤其在泰山顶上，我们无餍的好奇心，当然盼望一种特异的境界，与平原或海上不同的。果然，我们初起时，天还暗沉沉的，西方是一片的铁青，东方微有些白意，宇宙只是——如用旧词形容——一体莽莽苍苍的。但是我一面感觉劲烈的晓寒，一面睡眼不曾十分醒豁时约略的印象。等到留心回览时，我不由得大声

地狂叫——因为眼前只是一个见所未
见的境界。原来昨夜整夜暴风的工
程，却砌成一座普遍的云海。
除了日观峰与我们所在的玉
皇顶以外，东西南北只是平铺着
弥漫的云气。在朝旭未露前，
宛似无数厚毳长绒的绵羊，交
颈接背地眠着，卷耳与弯角都

依稀辨认得出。那时候在这茫茫的云海中，我独自站在雾
霭溟蒙的小岛上，发生了奇异的幻想——我躯体无限地长大，脚下的山峦比例我
的身量，只是一块拳石。这巨人披着散发，长发在风里像一面黑色的大旗，飒飒
地在飘荡。这巨人竖立在大地的顶尖上，仰面向着东方，平拓着一双长臂，在盼
望，在迎接，在催促，在默默地叫唤；在崇拜，在祈祷，在流泪——在流久慕未
见而将见悲喜交互的热泪……

这泪不是空流的，这默祷不是不生显应的。

巨人的手，指向着东方——

东方有的，在展露的，是什么？

东方有的是瑰丽荣华的色彩，东方有的是伟大普照的光明——出现了，到
了，在这里了……

玫瑰汁，葡萄浆，紫荆液，玛瑙精，霜枫叶——大量的染工，在层累的云底
工作，无数蜿蜒的鱼龙，爬进了苍白色的云堆。

一方的异彩，揭去了满天的睡意，唤醒了四隅的明霞——光明的神驹在热奋
地驰骋。

云海也活了。眠熟了兽形的涛澜，又恢复了伟大的呼啸，昂头摇尾地向着我

们朝露染青馒形的小岛冲洗，激起了四岸的水沫浪花，震荡着这生命的浮礁，似在报告光明与欢欣之临莅……

再看东方——海句力士已经扫荡了他的阻碍，雀屏似的金霞，从无垠的肩上产生，展开在大地的边沿。起……起……用力，用力，纯焰的圆颅，一探再探地跃出了地平，翻登了云背，临照在天空……

歌唱呀，赞美呀，这是东方之复活，这是光明的胜利……

散发祷祝的巨人，他的身彩横亘在无边的云海上，已经渐渐地消翳在普遍的欢欣里。现在，他雄浑的颂美的歌声，也已在霞彩变幻中，普彻了四方四隅……

听呀，这普彻的欢声；看呀，这普照的光明！

这是我此时回忆泰山日出时的幻想，亦是我想望泰戈尔来华的颂词。

美文赏析

这是一篇充满诗意的散文，诗化的语言将泰山日出的景象和神奇瑰丽的幻想自然交融，幻化成祝祷的巨人，表达出对东方文明、对光明的无限向往和赞颂。而此文并不只是为了描述泰山日出而作，主要是为了表达对诗人泰戈尔的敬仰之情、对于泰戈尔来华的热切迎候。这一点在文末点明，无论从文体上还是情感表达上都承接得非常自然。

听潮

鲁彦［中国］

一年夏天，我和妻坐着海轮，到了一个有名的岛上。这里是佛国，全岛周围三十里内，除了七八家店铺以外，全是寺院。岛上没有旅店，每一个寺院都特设了许多房间给香客住宿。而到这里来的所谓香客，有很多是游览观光的，不全是真正烧香拜佛的香客。我们就在一个比较幽静的寺院里选了一间房住——这是一间靠海湾的楼房，位置相当地好，还有一个露台突出在海上，早晚可以领略海景，尽够欣幸了。每天潮来的时候，听见海浪冲击岩石的音响，看见空际细雨似的、朝雾似的、暮烟似的飞沫升落。有时，它带着腥气，带着咸味，一直冲进我们的窗棂，黏在我们的身上，润湿着房中的一切。

"现在这海就完全属于我们的了！"当天晚上，我们靠着露台的栏杆，赏鉴海景的时候，妻欢心地呼喊着说。大海上一片静寂。在我们的脚下，波浪轻轻吻着岩石，像朦胧欲睡似的。

在平静的深黯的海面上，月光辟开了一款狭长的明亮的云汀，闪闪地颤动着，银鳞一般。远处灯塔上的红光镶在黑暗的空间，像是一颗红玉。它和那海面的银光在我们面前揭开了海的神秘——那不是狂暴的不测的可怕的神秘，而是幽静的和平的愉悦的神秘。我们的脚下仿佛轻松起来，平静地，宽廓地，带着欣幸与希望，走上了那银光的路朝向红玉的琼台走了去。这时候，妻心中的喜悦正和我一样，我俩一句话都没有说。海在我们脚下沉吟着，诗人一般。那声音仿佛是朦胧的月光和玫瑰的晨雾那样温柔；又像是情人的蜜语那样芳醇；低低地，轻轻地，像微风指过琴弦；像落花飘零在水上。海睡熟了。大小的岛拥抱着，偎依着，也静静地恍惚入了梦乡。许久许久，我俩也像入睡了似的，停止了一切的思念和情绪。

不晓得过了多少时候，远寺的钟声突然惊醒了海的酣梦，它恼怒似的激起波浪的兴奋，渐渐向我们脚下的岩石掀过来，发出汩汩的声音，像是谁在海底吐着气，海面的银光跟着晃动起来，像银龙一样。接着我们脚下的岩石上就像铃子、铙钹、钟鼓在奏鸣着，而且声音愈响愈大起来。没有风。海自己醒了，喘着气，转侧着，打着呵欠，伸着懒腰，抹着眼睛。因为岛屿挡住了它的转动，它狠狠地用脚踢着，用手推着，用牙咬着。它一刻比一刻兴奋，一刻比一刻用劲。岩石也仿佛渐渐战栗，发出抵抗的嗥叫，击碎了海的鳞甲，片片飞散。

海终于愤怒了。它咆哮着，猛烈地冲向岸边袭击过来，冲进了岩石的罅隙里，又拨刺着岩石的壁垒。音响就越大了。战鼓声，金锣声，呐喊声，叫号声，啼哭声，马蹄声，车轮声，机翼声，掺杂在一起，像千军万马混战了起来。银光消失

了。海水疯狂地汹涌着，吞没了远近大小的岛屿。它从我们的脚下扑了过来，响雷般地怒吼着，一阵阵地将满含着血腥的浪花泼溅在我们的身上。

"彦，这里会塌了！"妻战栗起来叫着说，"我怕！"

"怕什么。这是伟大的乐章！海的美就在这里。"我说。

退潮的时候，我扶着她走近窗边，指着海说："一来一去，来的时候凶猛；去的时候又多么平静呵！一样的美。"然而她怀疑我的话，她总觉得那是使她恐惧的。但为了我，她仍愿意陪着我住在这个危楼。

我喜欢海，溺爱着海，尤其是潮来的时候。因此即使是伴妻一道默坐在房里，从闭着的窗户内听着外面隐约的海潮音，也觉得满意，算是尽够欣幸了。

作者简介/ZUOZHE JIANJIE

鲁彦　原名王衡臣，又名王衡、王鲁彦，中国现代小说家、翻译家。其作品大多取材乡村生活，散发着浓郁的乡土气息，语言朴实、自然、细腻，情感真挚。代表作有《柚子》《黄金》《童年的悲哀》《听潮》等。

美文赏析

"潮"通常被视作一种视觉印象，它的刚与柔、疾与缓主要通过视觉来欣赏。此文却一"反"常态，以"听"为中心来赏潮，听觉、视觉、嗅觉、触觉等多感并用，比喻、拟人、排比等修辞手法频繁使用，用丰富生动的语言作音符，奏响了一曲以海潮为主题的动人乐章。作者也由此借景抒情，讴歌海的美、海的伟大。

我的叔叔于勒

莫泊桑［法国］

在我小时候，家在哈佛尔。我父亲是个小职员，挣的钱刚刚够维持生活。我还有两个姐姐。母亲为拮据的生活而痛苦。那时家里样样都要节省。可是每到星期日，我们都要衣冠整齐地到海边栈桥上散步。每当看见有大海船从远方归来，父亲总会说："唉！如果于勒在这只船上，那该多令人惊喜呀！"

那时候，父亲的弟弟于勒是全家唯一的希望，而在此以前则是全家的噩梦。据说他当初行为不正，糟蹋钱财，这在穷人家就是罪恶。于勒叔叔把自己应得的遗产吃光后，还占用了我父亲应得的那一部分。人们按照惯例把他送上商船去谋生。不久，于勒叔叔就写信说他赚了点钱，希望赔偿我父亲的损失。在大家心中，于勒陡然间变成了正直的、有良心的人。两年后，我们接到第二封信，信上说他要动身到南美作长期旅行，也许要好几年不给我们写信，叫我们不要担心，他若发了财就会回哈佛尔。我们一有机会就把这封信拿出来念念，见人就拿出来给他看看。果然，接下来的10年里，于勒叔叔没再来信。可是父亲的希望却与日

俱增。母亲也满怀期待。大家还为如何使用这笔钱拟定了上千种计划。当时，我大姐已28岁，二姐26岁，她们还没有找到结婚对象。终于，一个公务员看中了二姐，虽然他没有什么钱，但是诚实可靠。我总认为他之所以下决心求婚，是因为我们给他看了于勒叔叔的信。我们家赶忙答应了他的请求，并且决定在举行婚礼之后全家到邻近的英属哲尔赛岛游玩一次。

　　在日日夜夜的期盼中，我们终于动身了，上了轮船。偶然间，父亲看见两位先生在请两位漂亮的太太吃牡蛎。一个衣服褴褛的老水手拿小刀撬开牡蛎，递给两位先生，再由他们递给两位太太。两位太太文雅的吃法打动了父亲。他走到我母亲和两个姐姐身边问："你们要不要我请你们吃牡蛎？"母亲迟疑不决，她怕花钱，但是两个姐姐赞成。于是，母亲不痛快地说："我怕伤胃，你给孩子们买几个好了，可别太多，吃多了要生病的。"然后指向我补充道："至于约瑟夫，他用不着吃这种东西，别把男孩子惯坏了。"

　　我只好留在母亲身边，心中愤愤不平。我一直盯着父亲，看他郑重其事地带着两个女儿和女婿向那个衣服褴褛的年老水手走过去。可他好像突然间变得很不安，向旁边走了几步，瞪着眼看了看挤在卖牡蛎的身边的女儿女婿，就赶紧走回来，脸色十分苍白。他低声对我母亲说："真奇怪！这个卖牡蛎的怎么这样像于勒？"

　　母亲不明所以，问："哪个于勒？

父亲说："就是我的弟弟呀……如果我不知道他现在是在美洲，有钱有地位，我真会以为就是他。"可父亲还是放心不下地说："你去亲眼看看吧！好把事情弄清楚。"

于是，母亲走了过去，很快就回来了，颤抖着说道："我想就是他。去跟船长打听一下吧。可要多加小心，别叫这个小子又回来吃咱们！"

父亲赶紧走开。我跟在他身后，心里异常紧张。父亲客气地和船长搭上话，许久才开口问道："您船上有一个卖牡蛎的人很有趣。您知道这个家伙的底细吗？"

船长冷冷地回答道："他是个法国老流氓，去年我在美洲碰到他，就把他带回了祖国。据说他在哈佛尔还有亲戚，不过他不愿回到他们身边，因为他欠了他们的钱。他叫于勒……听说他在那边阔绰过一段时间，可是您看他今天有多落魄！"

父亲脸色煞白，两眼呆直，说："啊！原来如此……我早就看出来了……谢谢您，船长。"他回到我母亲身旁时依旧神色慌张。

母亲赶紧说："你先坐下吧！别叫他们看出来。"

父亲结结巴巴地说："真是他！怎么办？"

"应该把孩子们领开。既然约瑟夫已经知道，就让他去把他们找回来。千万别叫女婿起疑心。"母亲快速说，"我就知道这个贼早晚会回来再次拖累我们。

把钱交给约瑟夫，叫他把牡蛎钱付清。咱们可得避开他！"说完，她给了我一个5法郎的银币。

我问那个卖牡蛎的人："应该付您多少钱，先生？"

"2法郎50生丁。"

我递给他5法郎的银币，他找了钱。我仔细地看了看他，手上满是皱痕，苍老的脸上写满愁苦。我心里默念道："这是我的叔叔，父亲的弟弟。"于是，我给了他10个铜子的小费。

母亲知道后生气地说："你简直疯了！竟然给这个流氓小费！"她没再往下说，因为父亲指着女婿对她使了个眼色。大家都不再说话。

返回的时候，我们改乘了另一艘船，以免再遇见他。

作者简介 / ZUOZHE JIANJIE

莫泊桑　19世纪后半期法国批判现实主义作家，以短篇小说成就最高。其作品多取材平凡琐屑事物中具有代表性的片断，构思别具匠心，描写生动细致，以小见大，反照生活的真实世界。代表作有《我的叔叔于勒》《项链》《雪夜》等。

美文赏析

　　全文以"于勒"为焦点人物展开情节，因于勒而生的长年期待、旅途偶遇、身份证实、希望破灭以及最后的刻意躲避，串联成文。莫泊桑借"我"的视角展现出法国社会众人的势利与刻薄，借"我"的所思所为肯定了孩童的纯真与善良，通过这两种鲜明的对比表达出了对于资本主义金钱观的批判和对于弱者的深切同情。

我的心灵告诫我

纪伯伦 [黎巴嫩]

　　我的心曾受伤过七次：第一次是当它想通过卑贱之路获得升腾时；第二次是当它在瘫痪者面前肢足而行时；第三次是当它在难易间进行选择而选择易时；第四次是当它犯了错误却因别人的错误而自慰时；第五次是当它软弱地忍耐且把这忍耐说成是强大时；第六次是当它面对生活的泥潭而卷起尾巴认输时；第七次是当它站在上帝面前唱圣歌而以为唱圣歌是它的一种美德时，我的心灵告诫我：

　　我的心灵告诫我，它教我热爱人们所憎恶的事物，真诚对待人们所仇视的人。它向我阐明：爱并非爱者身上的优点，而是被爱者身上的优点。在此之前，爱在我这里不过是两根立柱间一条被拉紧的细线，可现在爱已变成一个光轮，它环绕着每一个存在的事物，慢慢地扩大，以包括每一个即将出现的事物。

　　我的心灵告诫我，它教我去看被外表遮掩了的美，去仔细审视人们认为丑的东西，直到它变为在我认为是美的东西。在此之前，我所看到的美不过是烟雾间颤抖的火焰。可是现在，烟雾消失了，我看到的只是燃烧着的东西。

　　我的心灵告诫我，它教我去倾听并非唇舌和喉咙发出的声音。

在此之前，我只听得到喧闹和呼喊。可是现在，我能倾听寂静，听到正唱着时光的颂歌和太空的赞美诗，宣示着隐幽的奥秘。

我的心灵告诫我，它教我从榨不出汁、盛不进杯、拿不住手、碰不着唇的东西中取

饮。在此之前，我的焦渴是我倾尽溪涧和池水浇熄的灰堆上的一颗火星。可是现在，我的思慕已变为我的杯盏，我的焦渴已变为我的饮料，我的孤独已变为我的微醉。我不喝，也决不再喝了。但在这永不熄灭的燃烧中却有永不消失的快乐。

我的心灵告诫我，它教我去触摸并未成形和结晶的东西，让我知道可触知的就是半合理的，我们正在捕捉的正是部分我们想要的。在此之前，我冷时满足于热，热时满足于冷，温和时满足于冷热中的一种。可是现在，我捕捉的触觉已经分散，已变成薄雾，穿过一切显现的存在，和隐幽的存在相结合。

我的心灵告诫我，它教我去闻并非香草和香炉发出的芬芳。在此之前，每当我欲寻馨香时，只能求助于园丁、香水瓶或香炉。可是现在，我嗅到的是不熏燃和不挥发的馨香，我胸中充溢的是没经过这个世界任何一座花园，也没被这天空的任何一股空气运载的清新的气息。

我的心灵告诫我，它教我在未知和危险召唤时回答："我来了！"在此之前，我只在熟悉的声音召唤时才起立，只在我踏遍走熟的道路上行走。可是现在，已知已变成我奔向未知的坐骑，平易已变成我攀登险峰的阶梯。

我的心灵告诫我，它教我不要用自己的语言——"昨天曾经……""明天将

会……"——去衡量时间。在此之前，我以为"过去"不过是一段逝而不返的时间，"未来"则是一个我决不可能达到的时代。可是现在，我懂得了，眼前的一瞬间有全部的时间，包括时间中被期待的、被成就的和被证实的一切。

我的心灵告诫我，它教我不要用我的语言——"在这里""在那里""在更远的地方"——去限定空间。在此之前，我立于地球的某一处时，便以为自己远离了所有其他地方。可是现在我已明白，我落脚的地方包括一切地方，我所跋涉的每一段旅程是所有的途程。

我的心灵告诫我，它教我在周围居民酣睡时熬夜，在他们清醒时入睡。在经之前，我在熟睡时看不到他们的梦，他们在困盹中也寻不到我的梦。可是现在，我只是在他们顾盼着我时才展翅遨游于我的梦中，他们只是在我为他们获得自由而高兴时才飞翔于他们的梦中。

我的心灵告诫我，它教我不要因一个赞颂而得意，不要因一个责难而忧伤。在此之前，我一直怀疑自己劳动的价值，直到时间为它们派来一位褒扬者或低毁者。可是现在，我已明白，树木春天开花夏天结果并不企盼赞扬，秋天落叶冬天凋敝并不害怕责难。

我的心灵告诫我，它教我明白并向我证实：我并不比草莽贫贱者高，也不比

强霸伟岸者低。在此之前，我曾以为人分为两类：一类是我怜悯或鄙视的弱者，一类是我追随或反叛的强者。可是现在我已懂得，我是由人类组成的一个集体中的一个个体，我的成分就是他们的成分，我的蕴涵就是他们的蕴涵，我的希冀就是他们的希冀，我的目标就是他们的目标。他们如果犯了罪，那我也是罪人；他们如果做了某件好事，那我也以这件好事而自豪；他们如果站起身来，那我也一同起立；他们如果落座，那我也一同落座。

我的心灵告诫我，它教我知道：我手擎的明灯并不专属于我，我唱着的歌也不是由我谱成。如果说我带着光明行走，那我并不就是光明；如果说我是一把被上好弦的琴，那我并不是弹奏者。

兄弟！我的心灵告诫了我，教育了我。你的心灵也告诫过你，教育过你。因为你我本是彼此相似的。我们之间没有什么不同，除了我谈论着我，在我的话语中有一点争辩；你掩饰着你，在你的隐匿中有一种美德。

美文赏析

这是一篇真挚感人的心灵剖白，闪烁着哲理之光，在一段段深刻的剖白中，爱与美、豁达与包容渗透其中，它们是为心灵疗伤、使心灵平和的良药。全文语言优美生动，使抽象的内容形象化，易读易懂；句式齐整，抑扬顿挫，韵律和谐，使情感的表达自然流畅；从受伤到剖白，再到启迪，内容前后呼应，由此及彼，富有感染力。

我有一个梦想

马丁·路德·金［美国］

今天，我高兴地同大家一起，参加这次将成为我国历史上为了争取自由而举行的最伟大的示威集会。

100年前，一位伟大的美国人签署了解放黑奴宣言，今天我们就是在他的雕像前集会。这一庄严宣言犹如灯塔的光芒，给千百万在那摧残生命的不义之火中受煎熬的黑奴带来了希望。它的到来犹如欢乐的黎明，结束了束缚黑人的漫漫长夜。然而100年后的今天，我们必须正视黑人还没有得到自由这一悲惨的事实。100年后的今天，在种族隔离的镣铐和种族歧视的枷锁下，黑人的生活备受压榨。100年后的今天，黑人仍生活在物质充裕的海洋中一个穷困的孤岛上。100年后的今天，黑人仍然萎缩在美国社会的角落里，并且意识到自己是故土家园中的流亡者。今天我们在这里集会，就是要把这种骇人听闻的情况公诸于众。

就某种意义而言，今天我们是为了要求兑现诺言而汇集到我们国家的首都来的。我们共和国的缔造者草拟宪法和独立宣言的气壮山河的词句时，曾向每一个美国人许下了诺言，他们承诺给予所有的人以生存、自由和追求幸福的不可剥夺的权利。

…………

黑人得不到公民的权利，美国就不可能有安宁或平静，正义的光明的一天不到来，叛乱的旋风就将继续动摇这个国家的基础。

但是，等候在正义之宫门口的心急如焚的人们，在争取合法地位的过程中，我们不要采取错误的做法。我们不要为了满足对自由的渴望而抱着敌对和仇恨之杯痛饮。我们斗争时必须永远举止得体，纪律严明。我们不能容许我们的抗议蜕变为暴力行动。我们要努力达到以精神力量对付物质力量的崇高境界中去。

现在黑人社会充满着了不起的新的战斗精神，但是能因此不信任所有的白人。我们的许多白人兄弟已经认识到，他们的命运与我们的命运紧密相连，他们今天参加游行集会就是明证。他们的自由与我们的自由息息相关。我们不能单独行动。当我们行动时，我们必须保证向前进。我们不能倒退。现在有人问热心民权运动的人，"你们什么时候才能满足？"只要黑人仍然遭受警察难以形容的野蛮迫害，我们就绝不会满足。只要我们在外奔波而疲乏的身躯不能在公路旁的汽车旅馆和城里的旅馆找到住宿之所，我们就绝不会满足。只要黑人的基本活动范围只是从少数民族聚居的小贫民区转移到大贫民区，我们就绝不会满足。只要密西西比仍然有一个黑人不能参加选举，只要纽约有一个黑人认为他投票无济于事，我们就绝不会满足。不！我们现在并不满足，我们将来也不满足，除非正义和公正犹如江海之波涛，汹涌澎湃，滚滚而来。

…………

朋友们，今天我对你们说，在此时此刻，我们虽然遭受种种困难和挫折，我仍然有一个梦想，这个梦想是深深扎根于美国的梦想中的。

我梦想有一天，这个国家会站立起来，真正实现其信条的真谛："我们认为这些真理是不言而喻的，人人生而平等。"我梦想有一天，在佐治亚的红山上，昔日奴隶的儿子将能够和昔日奴隶主的儿子坐在一起，共叙兄弟情谊。我梦想有一天，连密西西比州这个正义匿迹、压迫成风的地方，也将变成自由和正义的绿洲。我梦想有一天、我的四个孩子将在一个不是以他们的肤色，而是以他们的品格优劣来评价他们的国度里生活。我梦想有一天，亚拉巴马州能够有所转变，尽管该州州长现在仍然满口异议，反对联邦法令，但有朝一日，那里的黑人孩子和白人孩子情同骨肉，携手并进。我梦想有一天，幽谷上升，高山下降；坎坷曲折之路成坦途，圣光满照人间。

这就是我们的希望。我怀着这种信念回到南方。有了这个信念，我们将能从绝望之岭劈出一块希望之石。有了这个信念，我们将能把这个国家刺耳的争吵声，改变成为一支洋溢手足之情的优美交响曲。有了这个信念，我们将能一起工作，一起祈祷，一起斗争，一起坐牢，一起维护自由：因为我们知道，终有一天，我们是会自由的。

在自由到来的那一天，上帝的所有儿女们将以新的含义高唱这支歌："我的祖国，美丽的自由之乡，我为您歌唱。您是父辈逝去的地方，您是最初移民的骄傲，让自由之声响彻每个山岗。"如果美国要成为一个伟大的国家，这个梦想必须实现……

让自由之声响起来，让自由之声从每一个大小村庄、每一个州和每一个城市响起来时，我们将能够加速这一天的到来，那时，上帝的所有儿女，黑人和白人，犹太教徒和非犹太教徒，耶稣教徒和天主教徒，都将手携手，合唱一首古老的黑人灵歌："终于自由啦！终于自由啦！感谢全能的上帝，我们终于自由啦！"

作者简介 / ZUOZHE JIANJIE

马丁·路德·金　著名的美国民权运动的领袖，因在争取和平运动中所做出的重大贡献而于1964年荣获诺贝尔和平奖，有"金牧师"之称。

美文赏析

这是马丁·路德·金于1963年在林肯纪念堂发表的著名演讲。全文思路清晰，逻辑严密，运用大量形象的比喻，生动地描绘出美国黑人艰难的生存现状和争取公民权利的决心。演说在转入"我有一个梦想"主题时达到高潮，综合运用排比、反复等修辞手法，表达出作为一个黑人对于自由、平等、民主的向往，激励黑人同胞为此携手奋斗，澎湃的激情使整篇演说富有强大的感召力。

项链

莫泊桑［法国］

她漂亮动人，觉得自己本是为了一切精美、豪华的事物而生的，终日梦想着奢华的生活。可她只是教育部一个小科员的妻子，现实的庸俗令她非常难过。她有一个在教会认识的有钱的女朋友，可是现在已经不再想去看她，因为看后回来，她总会感到痛苦。

一天傍晚，她丈夫路瓦栽先生得意扬扬地带回了一张教育部晚会的请帖，说："亲爱的，你素来不出门，这是一个好机会！大家都想要请帖，我好不容易才弄到一张。"

谁知她却表现得很伤心，生气地说："你叫我穿什么去？"

他没有想到这一点，便支吾地说："你穿看戏时的那件裙袍吧。我觉得它很好……"瞧见妻子流着眼泪，他不说话了。

结果，路瓦栽先生不得不把原本计划买猎枪的钱用来给她定做了一件漂亮的裙袍。可是晚会的日子临近了，她又在发愁："我没有一件首饰，没有一粒宝石。简直太穷酸了。我宁可不去赴这个晚会。"

"你可以插戴几朵时令的鲜花……"

"不成……世上最教人丢脸的，就是在许多有钱的女人堆里露穷相。"

路瓦栽先生突然高声叫道："你真糊涂！去找你的朋友伏来士洁太太，问她借点首

饰。"她终于快活起来。

第二天，她到她这位朋友家里去了，借来了一串用金刚钻镶成的项链。它看起来真是华贵极了！

在晚会上，路瓦栽太太光彩夺目，她比一般女宾都要漂亮、时髦、迷人，她不断地微笑，沉醉在欢乐中。一般男宾都望着她出神，探听她的姓名，设法与她结识，连部长也注意她……

她在清晨四点钟才离开。当她回到家，在镜子前想再次端详自己时，陡然间发出了一声狂叫。那串金刚钻项链不见了！她丈夫把凡是有一线希望的地方都找了个遍，还到警察厅和报社登悬赏启事，可结果一无所获。她则在惊愕状态中等了一整天。最后，路瓦栽先生说："应当写信给你那个女朋友说你弄断了那串项链的搭钩，现在正叫人修理。这样我们就可以有周转的时间。"她在他的口授之下写了这封信。

一星期以后，他们没有得到半点消息。路瓦栽先生像是老了五岁，高声说道："现在应当设法去赔这件宝贝了。"他们拿了盛项链的盒子，照着盒子里面的招牌到了珠宝店里，店里的老板却说："太太，这串项链不是我店里卖出去的，我只做了这个盒子。"他俩挨家访问首饰店，终于在一家小店里找到了一串用金刚钻镶成的项链，他们觉得它正像他们寻觅的那一串。店里要价三万六千金法郎。他们央求店主在三天之内不要卖掉它。路瓦栽先生动用了他父亲留给他的一万八千金法郎，剩下的数目就得去借了。他不顾后果地签了许多借据，订了许多破产性的契约，终于凑足了三万六千金法郎，买了那串新项链。她把项链还给伏来士洁太太时，很庆幸她当时没有打开那只盒子查看。倘若伏来士洁太太看破了这件代替品，她将怎样想？她会不会把她当贼？

路瓦栽太太尝到穷人的困窘生活了。她坚定地要偿还那笔骇人的债务。他们辞退了女佣，搬了家，租了一间小阁楼。她开始做各种粗硬的家务，穿得像一个平民妇人，她挽着篮子到蔬菜店里、杂货店里和肉店里去讲价，去挨骂，极力节省每一分钱。他们每月都要收回一些借据，一面另立几张新的去延缓日期。她丈夫在晚上替一个商人誊清账目，时常到了深夜，他还得抄录那种五个铜元一面的书。

十年之后，他俩居然还清了全部债务。路瓦栽太太好像老了，她已经变成了贫苦人家粗壮耐劳的妇人了，乱挽着头发，歪系着裙子，露着一双发红的手，高声说话。但是有时候她独自坐在窗前，就会回想那个晚会，她当时是那么漂亮迷人……倘若当时没有失掉那串项链，她现在会怎样呢？

某一个星期日，她正在香榭丽舍大街闲逛，以缓解一周的日常劳作。忽然，她看见了一个带着孩子散步的妇人。那就是伏来士洁太太，她还是那样年轻漂亮。路瓦栽太太非常激动。她现在已经还清了债务，可以告诉她真相了。

"早安，约翰妮。"

伏来士洁太太竟一点儿也不认识她了，以为自己被这个平民妇人这样亲热地叫唤是件怪事，她迟疑地说："这位太太……大概您认错人了。"

"没有错。我是玛蒂尔德·路瓦栽呀。"

"天啊！可怜的玛蒂尔德，你真变了样子！"

"对呀，自从上一次见过你以后，我过了许多艰苦的日子，种种苦楚都是为了你呀！"

"为了我……这是怎么回事？"

"从前，你不是借了一串金刚钻项链给我到部里参加晚会吗？你可还记得？我弄丢了它。以前还给你的是另外一串与它完全相同的项链。我们花了十年工夫才付清它的代价。我算是满意了。"

"你是说从前买了一串金刚钻项链来赔偿我的那一串？"

"对呀，你没有看出来，是吗？那两串项链原是完全相同的。"说完，她天真地笑了。

伏来士洁太太深受感动，她抓住了她的两只手："唉！可怜的玛蒂尔德，我那一串本是假的，顶多值五百金法郎……"

美文赏析

项链是贯穿全文的线索，从梦想奢华生活、收到请帖、买衣服、借项链、现身晚会，到失去项链后的无措、积极赔偿并努力还债，一个因一时的虚荣而忍受十年劳苦的悲剧形象跃然纸上。莫泊桑的作品带有批判色彩，此文借路瓦栽太太的故事批判了当时法国资产阶级的金钱观和享乐思想对于人性的毒害，但同时又对人性诚实、吃苦耐劳的精神进行了肯定。

相模滩落日

德富芦花 [日本]

秋冬之风完全停息，傍晚的天空万里无云。伫立远眺伊豆山上的落日，使人难以想到，世上竟还有这么多平和的景象。

落日由衔山到全然沉入地表，需要三分钟。

太阳刚刚西斜时，富士、伊豆的一带连山，轻烟迷蒙。阳光银灿灿的，令人目眩。群山也眯细了眼睛。

太阳越发西斜了。富士和伊豆的群山次第变成紫色。

太阳更加西斜了。富士和伊豆的群山紫色的肌肤上染了一层金烟。

此时，站在海滨远望，落日流过海面，直达我的足下。海上的船只尽皆放射出金光。逗子滨海一带的山峦、沙滩、人家、松林、行人，还有翻转的竹篓，散落的草屑，无不现出火红的颜色。

在风平浪静的黄昏观看落日，大有守侍圣哲临终之感。庄严之极，平和之至。纵然一个凡夫俗子，也会感到已将身子包裹于灵光之中，肉体消融，只留下灵魂端然伫立于永恒的海滨之上。

有物，幽然浸乎心中，言"喜"则过之，言"哀"则未及。

落日渐沉，接近伊豆山颠。伊豆山忽而变成孔雀蓝，唯有富士山头于绛紫中依然闪着金光。

伊豆山已经衔住落日。太阳落一分，浮在海面上的霞光就后退八里。夕阳从容不迫地一寸又一寸，一分又一分，顾盼着行将离别的世界，悠悠然沉落下去。

终于剩下最后一分了。它猛然一沉，变成一弯秀眉，眉又变成线，线又变成点——倏忽化作乌有。

举目仰视，世界没有了太阳。光明消逝，海山苍茫，万物忧戚。

太阳沉没了。忽然，余光上射，万箭齐发。遥望西天，一片金黄。伟人故去皆如是。

日落之后，富士蒙上一层青色。不一会儿，西天的金色化作朱红，继而转为灰白，最后变得青碧一色。相模滩上空，明星荧荧。它们是太阳的精灵，看起来仿佛在昭示着明天的日出。

美文赏析

从落日西斜、衔山到沉没，一系列壮观的落日景象连接成一长幅光与色微妙变幻、人与景灵犀相通的美丽画卷，比喻、拟人、对比、顶针等修辞手法的使用使画面充满意趣，富有艺术感染力。而"光明消逝""伟人故去"的悲壮，日落昭示日出、黑暗昭示光明的信念，通过描写"落日"折射出人生哲理之光。

雪

鲁迅［中国］

暖国的雨，向来没有变过冰冷的坚硬的灿烂的雪花。博识的人们觉得它单调，它自己也以为不幸否耶？江南的雪，可是滋润美艳之至了，那是还在隐约着的青春的消息，是极壮健的处子的皮肤。雪野中有血红的宝珠山茶，白中隐青的单瓣梅花，深黄的磬口的蜡梅花；雪下面还有冷绿的杂草。蝴蝶确乎没有，蜜蜂是否来采山茶花和梅花的蜜，我可记不真切了。但我的眼前仿佛看见冬花开在雪野中，有许多蜜蜂忙碌地飞着，也听得它们嗡嗡地闹着。

孩子们呵着冻得通红像紫芽姜一般的小手，七八个一齐来塑雪罗汉。因为不成功，谁的父亲也来帮忙了。罗汉就塑得比孩子们高得多，虽然不过是上小下大的一堆，终于分不清是壶卢还是罗汉，然而很洁白，很明艳，以自身的滋润相粘结，整个地闪闪地生光。孩子们用龙眼核给他做眼珠，又从谁的母亲的脂粉奁中偷得胭脂来涂在嘴唇上。这回确是一个大阿罗汉了。他也就目光灼灼地嘴唇通红地坐在雪地里。

第二天，还有几个孩子来访问他，对着他拍手，点头，嬉笑。但他终于独自坐着了。晴天又来消释他的皮肤，寒夜又

使他结一层冰，化作不透明的水晶模样。连续的晴天又使他成为不知道算什么，而嘴上的胭脂也褪尽了。

但是，朔方的雪花在纷飞之后，却永远如粉，如沙，它们决不粘连，撒在屋上，地上，枯草上，就是这样。屋上的雪是早已就有消化了的，因为屋里居人的火的温热。别的，在晴天之下，旋风忽来，便蓬勃地奋飞，在日光中灿灿地生光，如包藏火焰的大雾，旋转而且升腾，弥漫太空，使太空旋转而且升腾地闪烁。

在无边的旷野上，在凛冽的天宇下，闪闪地旋转升腾着的是雨的精魂……

是的，那是孤独的雪，是死掉的雨，是雨的精魂。

美文赏析

这是一篇写景抒情散文。全文大量笔墨都在描绘江南的雪如何"滋润美艳之至"，声色俱全，动静相衬，但却不如蓬勃奋飞的朔方的雪更加震撼鲁迅的心。暖国的雨、江南的雪俨然为映衬朔方的雪而设。"在无边的旷野上……闪闪地旋转升腾着的是雨的精魂……"朔方的雪激发了鲁迅心中的战斗激情，也许孤独，但奋飞不止。

雪夜

莫泊桑〔法国〕

黄昏时分，纷纷扬扬的雪终于渐下渐止。沉沉夜幕下的大千世界仿佛凝固了，一切生命都悄悄进入了梦乡。或近或远的山谷、平川、树林、村落……在雪光映照下，银装素裹，分外妖娆。这雪后初霁的夜晚，万籁俱寂，了无生气。

蓦地，从远处传来一阵凄厉的叫声，冲破这寒夜的寂静。那叫声，如泣如诉，若怒若怨，听来令人毛骨悚然！喔，是那条被主人放逐的老狗，在前村的篱畔哀鸣：是在哀叹自己的身世，还是在倾诉人类的寡情？

漫无涯际的旷野在白雪的覆压下蜷缩起身子，好像连挣扎一下都不情愿。那遍地的萋萋芳草，匆匆来去的游蜂浪蝶，如今都藏匿得无迹可寻，只有那几棵百年老树依旧伸展着秃枝，像是鬼影幢幢，又像白骨森森，给雪后的夜色平添上几分悲凉、凄清。

茫茫太空，黯然无语地注视着下界，越发显出它的莫测高深。雪层背后，月亮露出了灰白色的脸庞，把冷冷的光洒向人间，使人更感到寒气袭人；和她做伴的，唯有寥寥的几点寒星，致使她也不免感叹这寒夜的落寞和凄冷。看，她的眼神是那样忧伤，她的步履又是那样迟缓！

渐渐地，月亮终于到达她行程的终点，悄然隐没在旷野的边缘，剩下的只是一片青灰色的回光在天际荡漾。少顷，又见那神秘的鱼白色开始从东方蔓延，像撒开一幅轻柔的纱幕笼罩住整个大地。寒意更浓了。枝头的积雪都已在不知不觉间凝成了水晶般的冰凌。

啊，美景如画的夜晚，却是小鸟们恐怖颤栗、备受煎熬的时光！它们的羽毛沾湿了，小脚冻僵了；刺骨的寒风在林间往来驰突，肆虐逞威，把它们可怜的窝巢刮得左摇右晃；困倦的双眼刚刚合上，一阵阵寒冷又把它们惊醒；它们瑟缩着，打着寒噤，忧郁地注视着漫天洁白的原野，期待那漫漫未央的长夜早到尽头，换来一个充满希望之光的黎明。

美文赏析

在这篇散文中，形象生动、简练精准的语言为夜幕下的万物注入了人的情感，老狗哀鸣、旷野凄凉、月亮冷寂、小鸟颤栗共同演绎出了立体的悲凉、凄清的雪夜景象。比喻、拟人、排比、顶针等修辞手法的使用强化了语言的表达力度，使阴郁的雪夜更加感染人心。末句为点睛之笔，表达了对美好生活的强烈渴望和坚定信心。

一种云

瞿秋白［中国］

　　天总是皱着眉头。太阳光如果还射到地面上，也总是稀微的淡薄的。至于月亮，那更不必说，只是偶然露出半面，用他那惨淡的眼光看一看罪孽的人间，这是孤儿寡妇的眼光，眼睛里含着总算还没有流完的眼泪。受过不止一次封禅大典的山岳，至少有大截是上了天，只留一点山脚给人看。黄河，长江……据说是中国文明的父母，也不知道怎么变了心，对于他们的亲生骨肉，都摆出一副冷酷的面孔。从春天到夏天，从秋天到冬天，这样一年年地过去，淫虐的雨、凄厉的风和肃杀的霜雪更番地来去，一点儿光明也没有。这样的漫漫长夜，已经二十年了。这都是一种云在作祟。那云为什么这样屡次三番地摧残光明？那云是从什么地方来的？这是太平洋上的大风暴吹过来的，这是大西洋上的狂飓风吹过来的。还有那些模糊的血肉——榨床底下淌着的模糊的血肉蒸发出来的。那些会画符的人——会写借据会写当票的人，就用这些符箓在呼召。那些吃田地的土蜘蛛——虽然死了也不过只要六尺土地葬他的贵体，可是活着

总要吃住这么二三百亩田地——这些土蜘蛛就用屁股在吐着。那些肚里装着铁心肝铁肚肠的怪物，又竖起了一根根的烟囱在喷着。狂飓风暴吹过来的，血肉蒸发出来的，符篆呼召来的，屁股吐出来的，烟囱喷出来的，都是这种云。这是战云。

难怪总是漫漫长夜了！什么时候才黎明呢？

看那刚刚发现的虹。祈祷是没有用的了。只有自己去做雷公公电闪娘娘。那虹发现的地方，已经有了小小的雷电，打开了层层的乌云，让太阳重新照到紫铜色的脸。如果是惊天动地的霹雳——这可只有你自己做了雷公公电闪娘娘才办得到，如果那小小的雷电变成了惊天动地的霹雳，那才拨得开这些愁云惨雾。

作者简介 / ZUOZHE JIANJIE

瞿秋白 中国共产党早期著名的政治活动家、思想家、文学家。其作品语言精练，笔锋犀利，寓意深刻，主要揭示现实生活的矛盾和本质。代表作有《一种云》《多余的话》等。

美文赏析

象征手法的大量使用是此文的最大特色。首先，稀薄的阳光、惨淡的月光、冷酷的江河、淫虐的雨、凄厉的风和肃杀的霜雪共同组成了一幅无比晦暗的"漫漫长夜"图景，映照当时社会现状，随后一针见血地揭示了制造黑暗的元凶——帝国主义、封建主义和资本主义。结尾处顺其自然地明确了全文主题：愁云惨雾会被拨开，光明会再现，只要拿起武器，勇于抗争。全文笔锋犀利，情感炙烈，引人深思。

最后一片藤叶

欧·亨利 [美国]

在华盛顿广场西边一条幽深、岔路纷杂的小街里，房租便宜，许多画家都喜欢住在这里。苏和琼西便在这里合租了一间画室。画室就设在一栋又宽又矮的三层楼砖房的顶楼上。到了11月，肺炎在艺术区里悄悄地蔓延开来，瘦弱的琼西不幸地感染了肺炎。

一天早晨，医生为琼西做完检查，就把苏叫到外边的走廊上，说："她只有十分之一的希望康复，这一分希望就是她想要活下去的信念。如果我的病人自己不抱希望，那我也就不必费尽全力去为她治病了。应该想办法治好她。"

医生走后，苏哭了一会儿。然后，她拿着画板，装做精神抖擞的样子走进琼西的屋子。琼西躺着，一动不动，面朝窗口。苏以为她睡着了，便架好画板，开始给杂志里的故事画插图，赚取一些生活费。

忽然，苏听到一阵重复了几次的微弱的声音。她快步走到床边，发现琼西正睁大眼睛望着窗外，倒数着："11——10——9——"有什么可数的呢？苏望向窗外，只见院子里一堵砖墙边有棵老长春藤，枯萎的根纠结在一块儿，枝干攀在砖墙的半腰上。秋天的寒风几乎把藤上的叶子全都吹掉了。

"6——三天前还有差不多一百片……现在……又掉了一片。只剩下五片了。"

"五片什么呀，亲爱的。"

"叶子，长春藤上的。等到最后一片叶子掉下来，我也就该去了。"

"哼，那些破藤叶和你的病有什么关系？"苏十分不以为然地说，"医生今天早晨还告诉我，说你会迅速痊愈。喝点汤吧，让苏去画她的画，好拿它换些钱来给她生病的朋友买点红葡萄酒，再给她自己买点猪排解解馋。"

"你不用买酒了，"琼西依旧盯着窗外，说，"又落了一片。我不想喝汤。只剩下四片了。我想在天黑前等着看最后一片叶子掉下去。我也要去了。"

"亲爱的，"苏俯身对她说，"答应我闭上眼睛，等我画完，好吗？"

"你去工作室里画吧，一画完就叫我。"琼西说着，便闭上了眼睛，"我想看那最后一片叶子掉下来，我等得不耐烦了。我想摆脱一切，像藤叶那样离去。"

"你睡一会儿吧，"苏说道，"我得把贝尔门找来当模特儿，一会儿就回来。"

贝尔门是住在她们这座楼房底层的一个老画家。他已年过60，操了四十年的画笔，还没有成名。他老是说就要画他的那幅杰作了，可是直到现在还没有动笔。几年来，他除了偶尔画点广告画外，什么也没有画过。他给那些穷困的年轻画家们当模特儿，挣一点钱。他脾气火爆，瞧不起别人的温情，却非常爱护楼上画室里那两个年轻女画家。苏在楼下他那间光线黯淡的房间里找到了浑身酒气的贝尔门。一幅空白的画布绷在画架上，摆在屋角里，静静地等待着那幅杰作。苏把琼西的胡思乱想告诉了他，她害怕琼西真会离去。

"世界上真有人会蠢到因为那些该死的藤叶落掉就想死？我从来没有听说过这种怪事。走，我和你一块儿去，去给你当模特儿。琼西小姐真不应该躺在这种地方生病。总有一天我要画一幅杰作，这样，我们就可以都搬出去了。"

他们上楼以后，琼西正睡着觉。苏把窗帘拉下，遮住窗台，做手势叫贝尔门到隔壁画室里去。他们在那里忧心地望着窗外那棵长春藤，默默无言……

第二天早晨，苏只睡了一个小时就醒来了，只见琼西那无神的眼睛睁得大大地注视着窗帘，低声命令着把窗帘拉起来。苏疲倦地照办了。

看！经过了一夜的风吹雨打，在砖墙上还挂着一片藤叶。它是长春藤上最后的一片叶子了。靠近茎部仍然是深绿色的，可是锯齿形的叶子边缘已经枯萎发黄。

"这是最后一片叶子。"琼西说道，"我以为它昨晚一定会落掉的。我听见风声了。今天，它一定会落掉，我也会死的。"

"亲爱的，"苏靠向琼西，说，"千万不要胡思乱想。"

白天过去了，那片藤叶仍依附在枝子上。夜里，狂风呼啸，大雨如注。

天刚蒙蒙亮，琼西立即吩咐拉起窗帘。啊！那片藤叶还在那里。琼西躺着对

它看了许久，然后招呼正在给她煮鸡汤的苏："苏，想死是一种罪过。请你现在就给我拿点鸡汤来，再拿点掺葡萄酒的牛奶来……"

下午，医生来过了。临走的时候，他告诉苏："好好护理，她会康复的。现在我得去看楼下另一个肺炎病人。他叫贝尔门——听说也是个画家。他年纪太大，身体又弱，病势很重。他是治不好的了……"

第二天，医生对苏说："她已经脱离危险，只剩下营养和护理了。"

下午，苏跑到琼西的床前，一把抱住了她，说："亲爱的，贝尔门先生今天在医院里患肺炎去世了。他只病了两天。头一天早晨，门房发现他病倒在房间里，全身都湿透了。他们搞不清楚在那个凄风苦雨的夜晚，他究竟到哪里去了。后来，他们发现了一盏没有熄灭的灯笼，一把挪动过的梯子，几支散落在地的画笔，还有一块涂抹着绿色和黄色颜料的调色板——亲爱的，瞧瞧窗外，瞧瞧墙上那最后一片藤叶。这片藤叶才是贝尔门的杰作——它就诞生在最后一片藤叶掉下来的晚上。"

🖍 美文赏析 ●∙∙

以小见大，以平凡彰显不平凡，全文围绕着小人物琼西的命运展开，结尾以牵系命运的普通的一片藤叶揭示并赞扬了小人物贝尔门老人的伟大品格。"永不凋落"的那片藤叶是贝尔门老人用生命绘就的"治病良药"，使年轻的琼西焕发新生，而真正永不凋落的、带给人生的希望的是人性的爱与奉献。

图书在版编目（CIP）数据

名家美文精粹 / 龚勋编著. －北京：人民武警出
版社，2012.5
（中国学生成长第一书）
ISBN 978-7-80176-799-8

Ⅰ．①名… Ⅱ．①龚… Ⅲ．①散文集－世界 Ⅳ.
①I16

中国版本图书馆CIP数据核字（2012）第088622号

名家美文精粹

主编：龚勋

出版发行：人民武警出版社

　　社址：（100089）北京市西三环北路1号

　　发行部电话：010-68795350

经销：新华书店

印制：北京楠萍印刷有限公司

开本：787×1092　1/16

字数：150千字

印张：8

版次：2012年5月第1版

印次：**2014年5月第2次印刷**

书号：ISBN 978-7-80176-799-8

定价：23.80元